COLLECTION FOLIO

« Dansons autour du chaudron »

Les sorcières dans la littérature

Gallimard

Tu fus mienne dès la naissance

JULES MICHELET

JULES MICHELET

*Le pacte**

Il ne manquait que la victime. On savait que le présent le plus doux qu'on pût lui faire, c'était de la lui amener. Elle eût tendrement reconnu l'empressement de celui qui lui eût fait ce don d'amour, livré ce triste corps sanglant.

Mais la proie sentit le chasseur : quelques minutes plus tard, elle aurait été enlevée, à jamais scellée sous la pierre. Elle se couvrit d'un haillon qui était dans l'étable, prit des ailes, en quelque sorte, et, avant minuit, se trouva à quelques lieues, loin des routes, sur une lande abandonnée qui n'était que chardons et ronces. C'était à la lisière d'un bois, où, par une lune douteuse, elle put ramasser quelques glands, qu'elle engloutit, comme une bête. Des siècles avaient passé depuis la veille ; elle était métamorphosée. La belle, la reine du village, n'était plus ; son âme, changée, changeait ses attitudes mêmes. Elle était comme un sanglier sur ces glands, ou comme un singe, accroupie. Elle roulait des pensées nullement humaines, quand

* Extrait de *La Sorcière* (1862).

elle entend ou croit entendre un miaulement de chouette, puis un aigre éclat de rire. Elle a peur, mais c'est peut-être le geai moqueur qui contrefait toutes les voix ; ce sont ses tours ordinaires.

L'éclat de rire recommence. D'où vient-il ? Elle ne voit rien. On dirait qu'il sort d'un vieux chêne.

Mais elle entend distinctement : « Ah ! te voilà donc enfin... Tu n'es pas venue de bonne grâce. Et tu ne serais pas venue, si tu n'avais trouvé le fond de ta nécessité dernière... Il t'a fallu, l'orgueilleuse, faire la course sous le fouet, crier et demander grâce, moquée, perdue, sans asile, rejetée de ton mari. Où serais-tu, si, le soir, je n'avais eu la charité de te faire voir l'*in pace* qu'on te préparait dans la tour ?... C'est tard, bien tard, que tu me viens, et quand on t'a nommée *la vieille*... Jeune, tu ne m'as pas bien traité, moi, ton petit lutin d'alors, si empressé à te servir... À ton tour (si je veux de toi) de me servir et de me baiser les pieds.

« Tu fus mienne dès ta naissance par ta malice contenue, par ton charme diabolique. J'étais ton amant, ton mari. Le tien t'a fermé sa porte. Moi, je ne ferme pas la mienne. Je te reçois dans mes domaines, mes libres prairies, mes forêts... Qu'y gagné-je ? Est-ce que dès longtemps je ne t'ai pas à mon heure ? Ne t'ai-je pas envahie, possédée, emplie de ma flamme ? J'ai changé, remplacé ton sang. Il n'est veine de ton corps où je ne circule pas. Tu ne peux pas savoir toi-même à quel point tu es mon épouse. Mais nos noces n'ont pas eu encore toutes les formalités. J'ai des mœurs, je me fais scrupule... Soyons un pour l'éternité !

« — Messire, dans l'état où je suis, que dirais-je ? Oh ! je l'ai senti, trop bien senti, que dès longtemps vous êtes toute ma destinée. Vous m'avez malicieusement caressée, comblée, enrichie, afin de me précipiter... Hier quand le lévrier noir mordit ma pauvre nudité, sa dent brûlait... j'ai dit : “C'est lui.” Le soir, quand cette Hérodiade salit, effraya la table, quelqu'un était entremetteur pour qu'on promît mon sang... C'est vous.

« — Oui, mais c'est moi qui t'ai sauvée et qui t'ai fait venir ici. J'ai fait tout, tu l'as deviné. Je t'ai perdue. Et pourquoi ? C'est que je te veux sans partage. Franchement, ton mari m'ennuyait. Tu chicanais, tu marchandais. Tout autres sont mes procédés. Tout ou rien. Voilà pourquoi je t'ai un peu travaillée, disciplinée, mise à point, mûrie pour moi... Car telle est ma délicatesse. Je ne prends pas, comme on croit, tant d'âmes sottes qui se donneraient. Je veux des âmes élues, à un certain état friand de fureur et de désespoir... Tiens, je ne peux te le cacher, telle que tu es aujourd'hui tu me plais ; tu t'embellis fort ; tu es une âme désirable... Oh ! qu'il y a longtemps que je t'aime !... Mais aujourd'hui j'ai faim de toi...

« Je ferai grandement les choses. Je ne suis pas de ces maris qui comptent avec leur fiancée. Si tu ne voulais qu'être riche, cela serait à l'instant même. Si tu ne voulais qu'être reine, remplacer Jeanne de Navarre, quoiqu'on y tienne, on le ferait, et le roi n'y perdrait guère en orgueil, en méchanceté ! Il est plus grand d'être ma femme. Mais enfin, dis ce que tu veux.

« — Messire, rien que de faire du mal.

« — Charmante, charmante réponse !... Oh ! que j'ai raison de t'aimer !... En effet, cela contient tout, toute la loi et tous les prophètes... Puisque tu as si bien choisi, il te sera, par-dessus, donné de surplus tout le reste. Tu auras tous mes secrets. Tu verras au fond de la terre. Le monde viendra à toi, et mettra l'or à tes pieds... Plus, voici le vrai diamant, mon épousée, que je te donne, la *vengeance*... Je te sais, friponne, je sais ton plus caché désir... Oh ! que nos cœurs s'entendent là... C'est bien là que j'aurai de toi la possession définitive. *Tu verras ton ennemie agenouillée devant toi*, demandant grâce et priant, heureuse si tu la tenais quitte en faisant ce qu'elle te fit. Elle pleurera... Toi, gracieuse, tu diras : *Non*, et la verras crier : Mort et damnation !... Alors, j'en fais mon affaire.

« — Messire, je suis votre servante... j'étais ingrate, c'est vrai. Car vous m'avez comblée toujours. Je vous appartiens, ô mon maître ! ô mon dieu ! Je n'en veux plus d'autre. Suaves sont vos délices. Votre service est très doux. »

Là, elle tombe à quatre pattes, l'adore !... Elle lui fait d'abord l'hommage, dans les formes du Temple, qui symbolise l'abandon absolu de la volonté ! Son maître, le Prince du monde, le Prince des vents, lui souffle à son tour comme un impétueux esprit. Elle reçoit à la fois trois sacrements à rebours, baptême, prêtrise et mariage. Dans cette nouvelle Église, exactement l'envers de l'autre, toute chose doit se faire à l'envers. Soumise, patiente, elle endura la cruelle initiation, soutenue de ce mot : « Vengeance ! »

Bien loin que la foudre infernale l'épuisât, la fît languissante, elle se releva redoutable et les yeux étincelants. La lune, qui, chastement, s'était un moment voilée, eut peur en la revoyant. Épouvantablement gonflée de la vapeur infernale, de feu, de fureur et (chose nouvelle) de je ne sais quel désir, elle fut un moment énorme par cet excès de plénitude et d'une beauté horrible. Elle regarda tout autour... Et la nature était changée. Les arbres avaient une langue, contaient les choses passées. Les herbes étaient des simples. Telles plantes qu'hier elle foulait comme du foin, c'étaient maintenant des personnes qui causaient de médecine.

Elle s'éveilla la lendemain en grande sécurité, loin, bien loin de ses ennemis. On l'avait cherchée. On n'avait trouvé que quelques lambeaux épars de la fatale robe verte. S'était-elle, de désespoir, précipitée dans le torrent ? Avait-elle été vivante emportée par le démon ? On ne savait. Des deux façons, elle était damnée à coup sûr. Grande consolation pour la dame de ne pas l'avoir trouvée.

L'eût-on vue, on l'eût à peine reconnue. Tellement elle était changée. Les yeux seuls restaient, non brillants, mais armés d'une très étrange et peu rassurante lueur. Elle-même avait peur de faire peur. Elle ne les baissait pas. Elle regardait de côté ; dans l'obliquité du rayon, elle en éludait l'effet. Brunie tout à coup, on eût dit qu'elle avait passé par la flamme. Mais ceux qui observaient mieux sentaient que cette flamme plutôt était en elle, qu'elle portait un impur et brûlant foyer. Le trait flamboyant dont Satan l'avait traversée lui restait, et, comme à travers une lampe sinistre, lançait tel reflet sauvage, pourtant d'un dangereux attrait. On reculait, mais on restait, et les sens étaient troublés.

Elle se vit à l'entrée d'un de ces trous de troglodyte, comme on en trouve d'innombrables dans certaines collines du Centre et de l'Ouest. C'étaient les marches, alors sauvages, entre le pays de Merlin et le pays de Mélusine. Des landes à perte de vue témoignent encore des vieilles guerres et des éternels ravages, des terreurs, qui empêchaient le pays de se repeupler. Là le Diable était chez lui. Des rares habitants, la plupart lui étaient fervents, dévots. Quelque attrait qu'eussent pour lui les âpres fourrés de Lorraine, les noires sapinières du Jura, les déserts salés de Burgos, ses préférences étaient peut-être pour nos marches de l'Ouest.

Ce n'était pas là seulement le berger visionnaire, la conjonction satanique de la chèvre et du chevrier, c'était une conjuration plus profonde avec la nature, une pénétration plus grande des remèdes et des poisons, des rapports mystérieux dont on n'a pas su le lien avec Tolède la savante, l'université diabolique.

L'hiver commençait. Son souffle, qui déshabillait les arbres, avait entassé les feuilles, les branchettes de bois mort. Elle trouva cela tout prêt à l'entrée du triste abri. Par un bois et une lande d'un quart de lieue, on descendait à portée de quelques villages qu'avait créés un cours d'eau. « Voilà ton royaume, lui dit la voix intérieure. Mendiante aujourd'hui, demain tu règneras dans la contrée. »

CHARLES BAUDELAIRE

*L'Irréparable**

Pouvons-nous étouffer le vieux, le long Remords,
Qui vit, s'agite et se tortille,
Et se nourrit de nous comme le ver des morts,
Comme du chêne la chenille ?
Pouvons-nous étouffer l'implacable Remords ?

Dans quel philtre, dans quel vin, dans quelle tisane,
Noierons-nous ce vieil ennemi,
Destructeur et gourmand comme la courtisane,
Patient comme la fourmi ?
Dans quel philtre ? — dans quel vin ? — dans quelle tisane ?

Dis-le, belle sorcière, oh ! dis, si tu le sais,
À cet esprit comblé d'angoisse
Et pareil au mourant qu'écrasent les blessés,
Que le sabot du cheval froisse,
Dis-le, belle sorcière, oh ! dis, si tu le sais,

À cet agonisant que le loup déjà flaire
Et que surveille le corbeau,

* Extrait de *Les Fleurs du Mal* (Folio n° 3219).

À ce soldat brisé ! s'il faut qu'il désespère
D'avoir sa croix et son tombeau ;
Ce pauvre agonisant que déjà le loup flaire !

Peut-on illuminer un ciel bourbeux et noir ?
Peut-on déchirer des ténèbres
Plus denses que la poix, sans matin et sans soir,
Sans astres, sans éclairs funèbres ?
Peut-on illuminer un ciel bourbeux et noir ?

L'Espérance qui brille aux carreaux de l'Auberge
Est soufflée, est morte à jamais !
Sans lune et sans rayons, trouver où l'on héberge
Les martyrs d'un chemin mauvais !
Le Diable a tout éteint aux carreaux de l'Auberge !

Adorable sorcière, aimes-tu les damnés ?
Dis, connais-tu l'irrémissible ?
Connais-tu le Remords, aux traits empoisonnés,
À qui notre cœur sert de cible ?
Adorable sorcière, aimes-tu les damnés ?

L'Irréparable ronge avec sa dent maudite
Notre âme, piteux monument,
Et souvent il attaque, ainsi que le termite,
Par la base le bâtiment.
L'Irréparable ronge avec sa dent maudite !

— J'ai vu parfois, au fond d'un théâtre banal
Qu'enflammait l'orchestre sonore,
Une fée allumer dans un ciel infernal
Une miraculeuse aurore ;
J'ai vu parfois au fond d'un théâtre banal

Un être, qui n'était que lumière, or et gaze,
Terrasser l'énorme Satan ;
Mais mon cœur, que jamais ne visite l'extase,
Est un théâtre où l'on attend
Toujours, toujours en vain, l'Être aux ailes de gaze !

MARCEL AYMÉ

*La Vouivre**

Il marchait depuis quelques minutes, et il vit, presque sans émoi, déboucher une vipère sur un croisement de sentiers. Plus longue et plus fine que celle du pré, elle rampait sans hâte, le col dressé, l'allure provocante. Elle tourna vers lui sa tête plate, comme pour le toiser, et Arsène, en découvrant sous la mâchoire de la bête un coin de peau tendre et molle, sentit renaître en lui une indignation panique. Il n'eut d'ailleurs pas le temps de s'y laisser aller. Derrière la vipère apparut une fille jeune, d'un corps robuste, d'une démarche fière. Vêtue d'une robe de lin blanc arrêtée au bas du genou, elle allait pieds nus et bras nus, la taille cambrée, à grands pas. Son profil bronzé avait un relief et une beauté un peu mâles. Sur ses cheveux très noirs relevés en couronne, était posée une double torsade en argent, figurant un mince serpent dont la tête, dressée, tenait en sa mâchoire une grosse pierre ovale, d'un rouge limpide. D'après les portraits qu'on lui en avait

* Extrait de *La Vouivre* (Folio n° 167).

tracés et qu'il avait crus jusqu'alors de fantaisie, Arsène reconnut la Vouivre.

Vouivre, en patois de Franche-Comté, est l'équivalent du vieux mot français « guivre » qui signifie serpent et qui est resté dans la langue du blason. La Vouivre des campagnes jurassiennes, c'est à proprement parler la fille aux serpents. Elle représente à elle seule toute la mythologie comtoise, si l'on veut bien négliger la bête faramine, monstre certainement très horrifique, mais dont la forme et l'activité sont laissées au caprice de l'imagination. Sur la Vouivre, on possède des références solides, des témoignages clairs, concordants. Dryade et naïade, indifférente aux travaux des hommes, elle parcourt les monts et les plaines du Jura, se baignant aux rivières, aux torrents, aux lacs, aux étangs. Elle porte sur ses cheveux un diadème orné d'un gros rubis, si pur que tout l'or du monde suffirait à peine à en payer le prix. Ce trésor, la Vouivre ne s'en sépare jamais que pendant le temps de ses ablutions. Avant d'entrer dans l'eau, elle ôte son diadème et l'abandonne avec sa robe sur le rivage. C'est l'instant que choisissent les audacieux pour tenter de s'emparer du joyau, mais l'entreprise est presque sûrement vouée à l'échec. À peine le ravisseur a-t-il pris la fuite que des milliers de serpents, surgis de toutes parts, se mettent à ses trousses et la seule chance qu'il ait alors de sauver sa peau est de se défaire du rubis en jetant loin de lui le diadème de la Vouivre. Certains, auxquels le désir d'être riche fait perdre la tête, ne se résignent pas à lâcher leur butin et se laissent dévorer par les serpents.

La Vouivre, figure comtoise, est sans doute un des souvenirs les plus importants qu'ait laissés en France la tradition celtique. Survivante de ces divinités des sources, qu'adoraient les Gaulois et qui se comptaient par milliers, elle a transporté à travers les âges l'une des croyances les plus populaires de la Gaule antique. Cette croyance, fort répandue à son époque où la conquête romaine était toute récente, Pline l'Ancien la rapporte en ces termes : « En outre, il est une espèce d'œuf en grand renom dans les Gaules et dont les Grecs n'ont pas parlé. En été, des myriades de serpents se rassemblent et s'enlacent. Collés les uns aux autres par leur bave et par l'écume qui transpire de leurs corps, ils façonnent une boule appelée œuf de serpent. Les Druides disent que cet œuf est soutenu en l'air par les sifflements des reptiles et qu'il faut le recevoir dans un manteau avant qu'il ait touché terre. En outre, le ravisseur doit s'enfuir à cheval, car les serpents le poursuivent jusqu'à ce qu'il ait mis une rivière entre eux et lui. Cet œuf est reconnaissable à ce qu'il flotte sur l'eau, même attaché à un morceau d'or... J'ai vu moi-même un de ces œufs, qui était de la grosseur d'une moyenne pomme ronde... » (Pl. *Historia Naturalis*.)

Telle que la raconte Pline l'Ancien, la légende apparaît à peine transposée dans celle de la Vouivre. Le talisman, qui avait chez les Gaulois la réputation de faire merveille dans les procès, a pris de la valeur avec le temps. On pourrait d'ailleurs, sans grands risques d'erreur, expliquer comment l'œuf de serpent s'est changé en rubis. La transformation s'est très vraisemblablement opérée depuis l'époque où l'industrie de la taille des pierres précieuses s'est installée dans les cités et les bourgades du haut Jura.

GEORGE SAND

*La Petite Fadette**

Enfin l'idée lui vint d'aller consulter une femme veuve, qu'on appelait la mère Fadet, et qui demeurait tout au bout de la joncière, rasibus du chemin qui descend au gué. Cette femme, qui n'avait ni terre ni avoir autre que son petit jardin et sa petite maison, ne cherchait pourtant point son pain, à cause de beaucoup de connaissance qu'elle avait sur les maux et dommages du monde ; et, de tous côtés, on venait la consulter. Elle pansait *du secret*[1], c'est comme qui dirait qu'au moyen du *secret*, elle guérissait les blessures, foulures et autres estropisons[2]. Elle s'en faisait bien un peu accroire, car elle vous ôtait des maladies que vous n'aviez jamais eues, telles que le décrochement de l'estomac ou la chute de la toile du ventre, et pour ma part, je n'ai jamais ajouté foi entière à tous ces

* Extrait de *La Petite Fadette* (Folio n° 4011).

1. Panser *du secret* : appliquer « diverses paroles magiques sur une blessure, une entorse, etc. ». *(Dans les notes de cet extrait, les définitions entre guillemets sont de George Sand. Les autres notes sont de l'éditeur.)*
2. *Estropisons* : contusions.

accidents-là, non plus que je n'accorde grande croyance à ce qu'on disait d'elle, qu'elle pouvait faire passer le lait d'une bonne vache dans le corps d'une mauvaise, tant vieille et mal nourrie fût-elle.

Mais pour ce qui est des bons remèdes qu'elle connaissait et qu'elle appliquait au refroidissement du corps, que nous appelons *sanglaçure*[1] ; pour les emplâtres souverains qu'elle mettait sur les coupures et brûlures ; pour les boissons qu'elle composait à l'encontre de la fièvre, il n'est point douteux qu'elle gagnait bien son argent et qu'elle a guéri nombre de malades que les médecins auraient fait mourir si l'on avait essayé de leurs remèdes. Du moins elle le disait, et ceux qu'elle avait sauvés aimaient mieux la croire que de s'y risquer.

Comme, dans la campagne, on n'est jamais savant sans être quelque peu sorcier, beaucoup pensaient que la mère Fadet en savait encore plus long qu'elle ne voulait le dire, et on lui attribuait de pouvoir faire retrouver les choses perdues, mêmement les personnes ; enfin, de ce qu'elle avait beaucoup d'esprit et de raisonnement pour vous aider à sortir de peine dans beaucoup de choses possibles, on inférait qu'elle pouvait en faire d'autres qui ne le sont pas.

Comme les enfants écoutent volontiers toutes sortes d'histoires, Landry avait ouï dire à la Priche, où le monde est notoirement crédule et plus simple qu'à la Cosse, que la mère Fadet au moyen

1. *Sanglaçure* : « refroidissement ».

d'une certaine graine qu'elle jetait sur l'eau en disant des paroles, pouvait faire retrouver le corps d'une personne noyée. La graine surnageait et coulait le long de l'eau, et, là où on la voyait s'arrêter, on était sûr de retrouver le pauvre corps. Il y en a beaucoup qui pensent que le pain bénit a la même vertu, et il n'est guère de moulins où on n'en conserve toujours à cet effet. Mais Landry n'en avait point, la mère Fadet demeurait tout à côté de la joncière, et le chagrin ne donne pas beaucoup de raisonnement.

Le voilà donc de courir jusqu'à la demeurance[1] de la mère Fadet et de lui conter sa peine en la priant de venir jusqu'à la coupure avec lui, pour essayer par son secret de lui faire retrouver son frère, vivant ou mort.

Mais la mère Fadet, qui n'aimait point à se voir outrepassée de sa réputation, et qui n'exposait pas volontiers son talent pour rien, se gaussa de lui et le renvoya même assez durement, parce qu'elle n'était pas contente que, dans le temps, on eût employé la Sagette à sa place, pour les femmes en mal d'enfant au logis de la Bessonnière.

Landry, qui était un peu fier de son naturel, se serait peut-être plaint ou fâché dans un autre moment ; mais il était si accablé qu'il ne dit mot et s'en retourna du côté de la coupure, décidé à se mettre à l'eau, bien qu'il ne sût encore plonger ni nager. Mais, comme il marchait la tête basse et les yeux fichés en terre, il sentit quelqu'un qui lui tapait l'épaule, et se retournant il vit la petite-fille

1. *Demeurance* : habitation, demeure.

de la mère Fadet, qu'on appelait dans le pays la petite Fadette, autant pour ce que c'était son nom de famille que pour ce qu'on voulait qu'elle fût un peu sorcière aussi. Vous savez tous que le fadet ou le farfadet, qu'en d'autres endroits on appelle aussi le follet, est un lutin fort gentil, mais un peu malicieux. On appelle aussi fades les fées auxquelles, du côté de chez nous, on ne croit plus guère. Mais que cela voulût dire une petite fée, ou la femelle du lutin, chacun en la voyant s'imaginait voir le follet, tant elle était petite, maigre, ébouriffée et hardie. C'était un enfant très causeur et très moqueur, vif comme un papillon, curieux comme un rouge-gorge et noir comme un grelet[1].

1. *Grelet* : « grillon, criquet ».

Ce sont des démons déguisés en femmes

ROALD DAHL

ROALD DAHL

*Comment reconnaître une sorcière ?**

Le lendemain soir, après mon bain, Grand-mère m'emmena dans la salle de séjour pour me raconter la suite.

— Aujourd'hui, commença Grand-mère, je vais t'apprendre les détails qui permettent de reconnaître une sorcière.

— À coup sûr ? demandai-je.

— Pas vraiment, répondit-elle. C'est bien là le problème. Mais cela pourra t'être utile.

Elle laissa tomber les cendres de son cigare sur sa robe, et j'espérai qu'elle ne prendrait pas feu avant de m'avoir fait ses révélations.

— D'abord, dit-elle, une sorcière porte des gants.

— Pas toujours, dis-je. Pas en été, lorsqu'il fait chaud.

— Même en été, dit Grand-mère. Elle *doit* porter des gants. Veux-tu savoir pourquoi ?

— Bien sûr, répondis-je.

— Parce qu'une sorcière n'a pas d'ongles. Elle

* Extrait de *Sacrées sorcières* (Folio Junior n° 613).

a des griffes, comme un chat, et elle porte des gants pour les cacher. Remarque que beaucoup de femmes portent des gants, surtout en hiver. Donc, ce détail est insuffisant.

— Maman portait des gants, dis-je.

— Pas à la maison, dit Grand-mère. Les sorcières portent des gants, même chez elles. Elles ne les enlèvent que pour aller dormir.

— Comment sais-tu tout ça, Grand-mère ?

— Ne m'interromps pas sans cesse, dit-elle. Écoute-moi jusqu'au bout. Ensuite une sorcière est toujours chauve.

— *Chauve !* m'exclamai-je.

— Chauve comme un œuf, poursuivit Grand-mère.

Quel choc ! Une femme chauve, cela ne court pas les rues !

— Pourquoi sont-elles chauves, Grand-mère ?

— Ne me demande pas pourquoi, répliqua-t-elle. Mais tu peux me croire. Aucun cheveu ne pousse sur la tête d'une sorcière.

— C'est horrible !

— Répugnant ! dit Grand-mère.

— Si les sorcières sont chauves, dis-je, il est facile de les démasquer.

— Pas du tout, répliqua Grand-mère. Une sorcière porte toujours une perruque, une perruque de première qualité. Il est à peu près impossible de distinguer sa perruque de véritables cheveux. À moins de lui tirer les cheveux !

— C'est ce que je ferai !

— Ne sois pas idiot, dit Grand-mère. Tu ne peux pas tirer les cheveux de toutes les femmes que tu rencontres, même si elles portent des gants ! Essaie, et tu verras ce qui t'arrivera.

— Alors, ce que tu m'apprends ne peut pas me servir, dis-je.

— Aucun de ces détails n'est suffisant, dit Grand-mère. Mais si tu remarques ces deux détails réunis chez la même femme, c'est sûrement une sorcière. Remarque que le port de cette perruque pose un sérieux problème.

— Quel problème ? demandai-je.

— Une irritation de la peau, répondit-elle. Si une actrice porte une perruque, elle la met sur ses cheveux, comme toi ou moi. Mais une sorcière pose directement sa perruque sur son cuir chevelu. Le dessous d'une perruque est toujours rugueux. Ce qui donne une affreuse démangeaison. Les sorcières appellent cela la *gratouille* de la perruque. Et il ne s'agit pas d'une mince *gratouillette*.

— Y a-t-il d'autres trucs pour reconnaître une sorcière ?

— Oui, répondit Grand-mère. Observe les narines. Les sorcières ont des narines plus larges que la plupart des gens. Le bord de leurs narines est rose et recourbé, comme celui d'une coquille Saint-Jacques.

— Pourquoi ont-elles de si larges narines ? demandai-je.

— Pour mieux sentir, répondit Grand-mère. Une sorcière a un flair stupéfiant. Elle peut flairer un enfant qui se trouve de l'autre côté de la rue, en pleine nuit.

— Elle ne pourrait pas me sentir, dis-je. Je viens de prendre un bain !

— Détrompe-toi ! s'écria Grand-mère. Un enfant propre sent horriblement mauvais pour une sorcière. Plus tu es sale, moins elle te sent.

— C'est absurde...

— Mais pourtant vrai, dit Grand-mère. Ce n'est pas la *saleté* que sent la sorcière, mais la *propreté* ! L'odeur de la peau d'un enfant dégoûte la sorcière. Cette odeur suinte par vagues. Ces *vagues puantes*, comme disent les sorcières, flottent dans l'air et viennent frapper leurs narines comme une gifle, ce qui les fait tituber !

— Écoute-moi, Grand-mère...

— Ne m'interromps pas, dit-elle. C'est ainsi. Si tu ne t'es pas lavé pendant une semaine, ta peau est sale. Alors, évidemment, les vagues puantes ne suintent pas avec autant de force.

— Je ne prendrai plus de bains, décidai-je, aussitôt.

— N'en prends pas trop souvent, dit Grand-mère. Un bain par mois, c'est bien suffisant pour un enfant.

C'est à ces moments-là que j'aimais le plus Grand-mère.

— Grand-mère, dis-je. S'il fait nuit noire, comment une sorcière sent-elle la différence entre une grande personne et un enfant ?

— Parce que la peau des adultes ne sent pas mauvais, répondit-elle. Seulement, la peau des enfants.

— Mais moi, est-ce que j'empeste ?

— Pas pour moi, répondit Grand-mère. Pour moi, tu sens la fraise à la crème. Mais pour une sorcière, ton odeur est dégoûtante.

— Qu'est-ce que je sens ? demandai-je.

— Le caca de chien, répondit Grand-mère.

— *Le caca de chien !* criai-je, complètement abasourdi. Mais ce n'est pas vrai !

— Il y a pire, ajouta Grand-mère avec une pointe de malice. Pour une sorcière, *tu sens le caca de chien tout fumant !*

— C'est archifaux ! m'écriai-je. Je ne sens pas le caca de chien, fumant ou non !

— C'est un fait, dit Grand-mère. Inutile d'en discuter.

J'étais révolté. Je n'arrivais pas à croire ce que venait d'affirmer Grand-mère.

— Si tu vois une femme se boucher le nez en te croisant dans la rue, ajouta-t-elle, c'est sûrement une sorcière.

— Dis-moi vite un autre détail pour repérer une sorcière, demandai-je, voulant changer de sujet.

— Les yeux, dit Grand-mère. Observe bien les yeux. Les yeux d'une sorcière sont différents des tiens ou des miens. Regarde bien la pupille toujours noire chez les gens. La pupille d'une sorcière sera colorée et tu y verras danser des flammes et des glaçons ! De quoi te donner des frissons !

Grand-mère, satisfaite, s'enfonça dans son fauteuil, et rejeta une bouffée de son cigare qui empestait. Moi, j'étais assis à ses pieds, la regardant, fasciné. Elle ne souriait pas, elle avait l'air très sérieuse.

— Y a-t-il d'autres détails ? demandai-je.

— Oui, bien sûr, dit Grand-mère. Tu ne sembles pas très bien comprendre que les sorcières ne sont pas de vraies femmes ! Elles ressemblent à des femmes. Elles parlent comme des femmes. Elles agissent comme des femmes. Mais ce ne sont pas des femmes ! En réalité, ce sont des créatures d'une autre espèce, ce sont des démons déguisés en femmes. Voilà pourquoi elles ont des griffes, des crânes chauves, des grandes narines et des yeux de glace et de feu. Elles doivent cacher tout cela, pour se faire passer pour des femmes.

— Y a-t-il d'autres trucs pour les démasquer, Grand-mère ? répétai-je.

— Les pieds, dit-elle. Elles n'ont pas d'orteils.

— Pas d'orteils ! m'écriai-je. Mais qu'est-ce qu'elles ont à la place ?

— Rien, répondit Grand-mère. Elles ont des pieds au bout carré, sans orteils.

— Marchent-elles avec difficulté ? demandai-je.

— Un peu, répondit Grand-mère. Elles ont quelques problèmes avec les chaussures. Toutes les femmes aiment porter de petits souliers pointus, mais une sorcière, dont les pieds sont très larges et carrés, éprouve un véritable calvaire pour se chausser.

— Pourquoi ne portent-elles pas des souliers confortables au bout carré ?

— Elles n'osent pas, répondit Grand-mère. De même qu'elles cachent leur calvitie sous des perruques, les sorcières cachent leurs pieds carrés dans de jolies chaussures pointues.

— Ce doit être terriblement inconfortable, dis-je.

— Extrêmement inconfortable, dit Grand-mère. Mais elles les portent quand même.

— Donc, ce détail-là ne m'aidera pas à reconnaître une sorcière ? dis-je.

— En effet ! soupira Grand-mère. Tu peux, si tu es très attentif, reconnaître une sorcière, parce qu'elle boite légèrement.

— Est-ce qu'il y a d'autres détails, Grand-mère ?

— Oui, il y a un détail de plus, répondit Grand-mère. Un dernier détail. La salive d'une sorcière est bleue.

— Bleue ! m'écriai-je. C'est impossible ! Aucune salive n'est bleue.

— Bleu myrtille ! précisa-t-elle.

— C'est absurde, Grand-mère. Aucune femme n'a la salive bleu myrtille !

— Si, les sorcières ! répliqua-t-elle.

— Bleue comme de l'encre ? demandai-je.

— Exactement, dit-elle. Elles utilisent des porte-plume et elles n'ont qu'à lécher la plume pour écrire !

— Si une sorcière me parlait, je pourrais voir cette salive bleue, Grand-mère, oui ou non ?

— Seulement si tu regardes attentivement, répondit-elle. Très attentivement. Tu pourrais voir un peu de bleu sur leurs dents. Mais cela ne se voit presque pas.

— Et si elle crache ? demandai-je.

— Les sorcières ne crachent jamais, répondit Grand-mère. Elles n'osent pas.

Je ne pouvais pas croire que Grand-mère était en train de me raconter des bobards. Elle allait à la messe tous les matins, et récitait le bénédicité avant chaque repas. Une personne si chrétienne ne ment jamais. Je finissais par croire tout ce qu'elle m'avait appris, mot pour mot.

— Voilà, dit Grand-mère. C'est tout ce que je peux te donner comme renseignements sur les sorcières. Cela t'aidera un peu. On ne peut jamais être absolument sûr qu'une femme n'est pas une sorcière, juste au premier coup d'œil. Mais si une femme porte des gants et une perruque, si elle a de grandes narines et des yeux de glace et de feu, et si ses dents sont légèrement teintées de bleu... alors, file à l'autre bout du monde !

— Grand-mère, quand tu étais petite, as-tu rencontré une sorcière ?

— Une fois, dit Grand-mère. Rien qu'une fois.

— Et qu'est-il arrivé ?

— Je ne veux pas te le dire, répondit Grand-mère. Cela t'effraierait et te donnerait des cauchemars.

— S'il te plaît, raconte-moi, priai-je.

— Non, dit-elle. Certaines choses sont trop horribles pour être racontées.

— Est-ce que cela a un rapport avec le pouce qui te manque ? demandai-je.

Soudain, les vieilles lèvres ridées se fermèrent comme des tenailles. La main qui tenait le cigare (celle qui n'avait plus de pouce) se mit à trembler.

J'attendais. Elle ne me regardait plus. Elle ne me parlait plus. Elle s'était refermée comme un escargot dans sa coquille. La conversation était finie.

— Bonne nuit, Grand-mère, dis-je, en me redressant et en l'embrassant sur la joue.

Elle ne bougea pas.

Je quittai la pièce en catimini, et je partis me coucher.

VICTOR HUGO

*Trois cœurs d'homme faits différemment**

Il s'approcha de la fenêtre. — Oh ! mon Dieu, belle cousine, voilà bien du monde sur la place !

— Je ne sais pas, dit Fleur-de-Lys ; il paraît qu'il y a une sorcière qui va faire amende honorable ce matin devant l'église pour être pendue après.

Le capitaine croyait si bien l'affaire de la Esmeralda terminée qu'il s'émut fort peu des paroles de Fleur-de-Lys. Il lui fit cependant une ou deux questions.

— Comment s'appelle cette sorcière ?

— Je ne sais pas, répondit-elle.

— Et que dit-on qu'elle ait fait ?

Elle haussa encore cette fois ses blanches épaules.

— Je ne sais pas.

— Oh ! mon Dieu Jésus ! dit la mère, il y a tant de sorciers maintenant, qu'on les brûle, je crois, sans savoir leurs noms. Autant vaudrait chercher à savoir le nom de chaque nuée du ciel. Après tout, on peut être tranquille. Le bon Dieu tient son

* Extrait de *Notre-Dame de Paris* (Folio n° 3645).

registre. — Ici la vénérable dame se leva et vint à la fenêtre. — Seigneur ! dit-elle, vous avez raison, Phœbus. Voilà une grande cohue de populaire. Il y en a, béni soit Dieu ! jusque sur les toits. — Savez-vous, Phœbus ? cela me rappelle mon beau temps. L'entrée du roi Charles VII, où il y avait tant de monde aussi. — Je ne sais plus en quelle année. — Quand je vous parle de cela, n'est-ce pas ? cela vous fait l'effet de quelque chose de vieux, et à moi de quelque chose de jeune. — Oh ! c'était un bien plus beau peuple qu'à présent. Il y en avait jusque sur les mâchicoulis de la Porte Saint-Antoine. Le roi avait la reine en croupe, et après leurs altesses venaient toutes les dames en croupe de tous les seigneurs. Je me rappelle qu'on riait fort, parce qu'à côté d'Amanyon de Garlande, qui était fort bref de taille, il y avait le sire Matefelon, un chevalier de stature gigantale, qui avait tué des Anglais à tas. C'était bien beau. Une procession de tous les gentilshommes de France avec leurs oriflammes qui rougeoyaient à l'œil. Il y avait ceux à pennon et ceux à bannière. Que sais-je, moi ? le sire de Calan, à pennon ; Jean de Châteaumorant, à bannière ; le sire de Coucy, à bannière, et plus étoffément que nul des autres, excepté le duc de Bourbon… — Hélas ! que c'est une chose triste de penser que tout cela a existé et qu'il n'en est plus rien !

Les deux amoureux n'écoutaient pas la respectable douairière. Phœbus était revenu s'accouder au dossier de la chaise de sa fiancée, poste charmant d'où son regard libertin s'enfonçait dans toutes les ouvertures de la collerette de Fleur-de-

Lys. Cette gorgerette bâillait si à propos, et lui laissait voir tant de choses exquises et lui en laissait deviner tant d'autres, que Phœbus, ébloui de cette peau à reflet de satin, se disait en lui-même : — Comment peut-on aimer autre chose qu'une blanche ? Tous deux gardaient le silence. La jeune fille levait de temps en temps sur lui des yeux ravis et doux, et leurs cheveux se mêlaient dans un rayon du soleil de printemps.

— Phœbus, dit tout à coup Fleur-de-Lys à voix basse, nous devons nous marier dans trois mois, jurez-moi que vous n'avez jamais aimé d'autre femme que moi.

— Je vous le jure, bel ange ! répondit Phœbus, et son regard passionné se joignait pour convaincre Fleur-de-Lys à l'accent sincère de sa voix. Il se croyait peut-être lui-même en ce moment.

Cependant la bonne mère, charmée de voir les fiancés en si parfaite intelligence, venait de sortir de l'appartement pour vaquer à quelque détail domestique. Phœbus s'en aperçut, et cette solitude enhardit tellement l'aventureux capitaine qu'il lui monta au cerveau des idées fort étranges. Fleur-de-Lys l'aimait, il était son fiancé, elle était seule avec lui, son ancien goût pour elle s'était réveillé, non dans toute sa fraîcheur, mais dans toute son ardeur ; après tout, ce n'est pas grand crime de manger un peu son blé en herbe ; je ne sais si ces pensées lui passèrent dans l'esprit, mais ce qui est certain, c'est que Fleur-de-Lys fut tout à coup effrayée de l'expression de son regard. Elle regarda autour d'elle, et ne vit plus sa mère.

— Mon Dieu ! dit-elle rouge et inquiète, j'ai bien chaud !

— Je crois en effet, répondit Phœbus, qu'il n'est pas loin de midi. Le soleil est gênant. Il n'y a qu'à fermer les rideaux.

— Non, non, cria la pauvre petite, j'ai besoin d'air au contraire.

Et comme une biche qui sent le souffle de la meute, elle se leva, courut à la fenêtre, l'ouvrit, et se précipita sur le balcon.

Phœbus, assez contrarié, l'y suivit.

La place du Parvis Notre-Dame, sur laquelle le balcon donnait, comme on sait, présentait en ce moment un spectacle sinistre et singulier qui fit brusquement changer de nature à l'effroi de la timide Fleur-de-Lys.

Une foule immense, qui refluait dans toutes les rues adjacentes, encombrait la place proprement dite. La petite muraille à hauteur d'appui qui entourait le Parvis n'eût pas suffi à le maintenir libre, si elle n'eût été doublée d'une haie épaisse de sergents des onze-vingts et de hacquebutiers, la coulevrine au poing. Grâce à ce taillis de piques et d'arquebuses, le Parvis était vide. L'entrée en était gardée par un gros de hallebardiers aux armes de l'évêque. Les larges portes de l'église étaient fermées, ce qui contrastait avec les innombrables fenêtres de la place, lesquelles, ouvertes jusque sur les pignons, laissaient voir des milliers de têtes entassées à peu près comme les piles de boulets dans un parc d'artillerie.

La surface de cette cohue était grise, sale et terreuse. Le spectacle qu'elle attendait était évidemment de ceux qui ont le privilège d'extraire et d'appeler ce qu'il y a de plus immonde dans la population. Rien de hideux comme le bruit qui s'échappait de ce fourmillement de coiffes jaunes et de chevelures sordides. Dans cette foule, il y avait plus de rires que de cris, plus de femmes que d'hommes.

De temps en temps quelque voix aigre et vibrante perçait la rumeur générale.

. . . .

— Ohé ! Mahiet Baliffre ! est-ce qu'on va la pendre là ?

— Imbécile ! c'est ici l'amende honorable, en chemise ! le bon Dieu va lui tousser du latin dans la figure ! Cela se fait toujours ici, à midi. Si c'est la potence que tu veux, va-t'en à la Grève.

— J'irai après.

. . . .

— Dites donc, la Boucandry ? est-il vrai qu'elle ait refusé un confesseur ?

— Il paraît que oui, la Bechaigne.

— Voyez-vous, la païenne !

. . . .

— Monsieur, c'est l'usage. Le bailli du Palais est tenu de livrer le malfaiteur tout jugé, pour l'exécution, si c'est un laïc, au prévôt de Paris ; si c'est un clerc, à l'official de l'évêché.

— Je vous remercie, monsieur.

. . . .

— Oh ! mon Dieu ! disait Fleur-de-Lys, la pauvre créature !

Cette pensée remplissait de douleur le regard qu'elle promenait sur la populace. Le capitaine, beaucoup plus occupé d'elle que de cet amas de quenaille, chiffonnait amoureusement sa ceinture par-derrière. Elle se retourna suppliante et souriant. — De grâce, laissez-moi, Phœbus ! si ma mère rentrait, elle verrait votre main !

En ce moment midi sonna lentement à l'horloge de Notre-Dame. Un murmure de satisfaction éclata dans la foule. La dernière vibration du douzième coup s'éteignait à peine que toutes les têtes moutonnèrent comme les vagues sous un coup de vent, et qu'une immense clameur s'éleva du pavé, des fenêtres et des toits : — La voilà !

Fleur-de-Lys mit ses mains sur ses yeux pour ne pas voir.

— Charmante, lui dit Phœbus, voulez-vous rentrer ?

— Non, répondit-elle ; et ces yeux qu'elle venait de fermer par crainte, elle les rouvrit par curiosité.

Un tombereau, traîné d'un fort limonier normand et tout enveloppé de cavalerie en livrée violette à croix blanches, venait de déboucher sur la place par la rue Saint-Pierre-aux-Bœufs. Les sergents du guet lui frayaient passage dans le peuple à grands coups de boullayes. À côté du tombereau chevauchaient quelques officiers de justice et de police, reconnaissables à leur costume noir et à leur gauche façon de se tenir en selle. Maître Jacques Charmolue paradait à leur tête.

Dans la fatale voiture, une jeune fille était assise, les bras liés derrière le dos, sans prêtre à côté d'elle. Elle était en chemise, ses longs cheveux noirs (la mode alors était de ne les couper qu'au pied du gibet) tombaient épars sur sa gorge et sur ses épaules à demi découvertes.

À travers cette ondoyante chevelure, plus luisante qu'un plumage de corbeau, on voyait se tordre et se nouer une grosse corde grise et rugueuse qui écorchait ses fragiles clavicules et se roulait autour du cou charmant de la pauvre fille comme un ver de terre sur une fleur. Sous cette corde brillait une petite amulette ornée de verroteries vertes qu'on lui avait laissée sans doute parce qu'on ne refuse plus rien à ceux qui vont mourir. Les spectateurs placés aux fenêtres pouvaient apercevoir au fond du tombereau ses jambes nues qu'elle tâchait de dérober sous elle comme par un dernier instinct de femme. À ses pieds il y avait une petite chèvre garrottée. La condamnée retenait avec ses dents sa chemise mal attachée. On eût dit qu'elle souffrait encore dans sa misère d'être ainsi livrée presque nue à tous les yeux. Hélas ! ce n'est pas pour de pareils frémissements que la pudeur est faite.

— Jésus ! dit vivement Fleur-de-Lys au capitaine. Regardez donc, beau cousin ! c'est cette vilaine bohémienne à la chèvre !

En parlant ainsi elle se retourna vers Phœbus. Il avait les yeux fixés sur le tombereau. Il était très pâle.

— Quelle bohémienne à la chèvre ? dit-il en balbutiant.

— Comment ! reprit Fleur-de-Lys ; est-ce que vous ne vous souvenez pas ?...

Phœbus l'interrompit. — Je ne sais pas ce que vous voulez dire.

Il fit un pas pour rentrer. Mais Fleur-de-Lys dont la jalousie, naguère si vivement remuée par cette même égyptienne, venait de se réveiller, Fleur-de-Lys lui jeta un coup d'œil plein de pénétration et de défiance. Elle se rappelait vaguement en ce moment avoir ouï parler d'un capitaine mêlé au procès de cette sorcière.

— Qu'avez-vous ? dit-elle à Phœbus, on dirait que cette femme vous a troublé.

Phœbus s'efforça de ricaner.

— Moi ! pas le moins du monde ! Ah bien oui !

— Alors restez, reprit-elle impérieusement, et voyons jusqu'à la fin.

Force fut au malencontreux capitaine de demeurer. Ce qui le rassurait un peu, c'est que la condamnée ne détachait pas son regard du plancher de son tombereau. Ce n'était que trop véritablement la Esmeralda. Sur ce dernier échelon de l'opprobre et du malheur, elle était toujours belle, ses grands yeux noirs paraissaient encore plus grands à cause de l'appauvrissement de ses joues, son profil livide était pur et sublime. Elle ressemblait à ce qu'elle avait été comme une Vierge du Masaccio ressemble à une Vierge de Raphaël : plus faible, plus mince, plus maigre.

Du reste, il n'y avait rien en elle qui ne ballottât en quelque sorte, et que, hormis sa pudeur, elle ne laissât aller au hasard, tant elle avait été profondément rompue par la stupeur et le désespoir.

Son corps rebondissait à tous les cahots du tombereau comme une chose morte ou brisée. Son regard était morne et fou. On voyait encore une larme dans sa prunelle, mais immobile et pour ainsi dire gelée.

Cependant la lugubre cavalcade avait traversé la foule au milieu des cris de joie et des attitudes curieuses. Nous devons dire toutefois, pour être fidèle historien, qu'en la voyant si belle et si accablée, beaucoup s'étaient émus de pitié, et des plus durs. Le tombereau était entré dans le Parvis.

Devant le portail central, il s'arrêta. L'escorte se rangea en bataille des deux côtés. La foule fit silence, et au milieu de ce silence plein de solennité et d'anxiété les deux battants de la grande porte tournèrent, comme d'eux-mêmes, sur leurs gonds qui grincèrent avec un bruit de fifre. Alors on vit dans toute sa longueur la profonde église sombre, tendue de deuil, à peine éclairée de quelques cierges scintillant au loin sur le maître-autel, ouverte comme une gueule de caverne au milieu de la place éblouissante de lumière. Tout au fond, dans l'ombre de l'abside, on entrevoyait une gigantesque croix d'argent, développée sur un drap noir qui tombait de la voûte au pavé. Toute la nef était déserte. Cependant on voyait remuer confusément quelques têtes de prêtres dans les stalles lointaines du chœur, et au moment où la grande porte s'ouvrit il s'échappa à l'église un chant grave, éclatant et monotone qui jetait comme par bouffées sur la tête de la condamnée des fragments de psaumes lugubres.

«… *Non timebo millia populi circumdantis me ; exsurge, Domine ; salvum me fac, Deus !*

«… *Salvum me fac, Deus, quoniam intraverunt aquæ usque ad animam meam.*

«… *Infixus sum in limo profundi ; et non est substantia*[1]. »

En même temps une autre voix, isolée du chœur, entonnait sur le degré du maître-autel ce mélancolique offertoire :

« *Qui verbum meum audit, et credit ei qui misit me, habet vitam æternam et in judicium non venit ; sed transit a morte in vitam*[2]. »

Ce chant que quelques vieillards perdus dans leurs ténèbres chantaient de loin sur cette belle créature, pleine de jeunesse et de vie, caressée par l'air tiède du printemps, inondée de soleil, c'était la messe des morts.

Le peuple écoutait avec recueillement.

La malheureuse, effarée, semblait perdre sa vue et sa pensée dans les obscures entrailles de l'église. Ses lèvres blanches remuaient comme si elles priaient, et quand le valet du bourreau s'approcha d'elle pour l'aider à descendre du tombereau, il l'entendit qui répétait à voix basse ce mot : *Phœbus*.

1. « Je ne craindrai pas ce peuple par milliers autour de moi ; dresse-toi, Seigneur ; sauve-moi, Dieu ! » « Sauve-moi, Dieu, puisque les eaux ont pénétré jusqu'à mon âme. » « Je suis plongé dans le limon de l'abîme ; et sans appui ferme. » (*Psaumes*, III et LXVIII.) *(N.d.É)*

2. « Qui entend ma parole et croit en celui qui m'a envoyé, il a la vie éternelle et ne vient pas en jugement ; mais il passe de la mort à la vie. » (*Evangile selon saint Jean*, V.) *(N.d.É)*

On lui délia les mains, on la fit descendre accompagnée de sa chèvre qu'on avait déliée aussi, et qui bêlait de joie de se sentir libre, et on la fit marcher pieds nus sur le dur pavé jusqu'au bas des marches du portail. La corde qu'elle avait au cou traînait derrière elle. On eût dit un serpent qui la suivait.

Alors le chant s'interrompit dans l'église. Une grande croix d'or et une file de cierges se mirent en mouvement dans l'ombre. On entendit sonner la hallebarde des suisses bariolés, et quelques moments après une longue procession de prêtres en chasubles et de diacres en dalmatiques, qui venait gravement et en psalmodiant vers la condamnée, se développa à sa vue et aux yeux à la foule. Mais son regard s'arrêta à celui qui marchait en tête, immédiatement après le porte-croix. — Oh ! dit-elle tout bas en frissonnant, c'est encore lui ! le prêtre !

C'était en effet l'archidiacre. Il avait à sa gauche le sous-chantre et à sa droite le chantre armé du bâton de son office. Il avançait, la tête renversée en arrière, les yeux fixes et ouverts, en chantant d'une voix forte :

« *De ventre inferi clamavi, et exaudisti vocem meam,*

« *Et projecisti me in profundum in corde maris, et flumen circumdedit me*[1]. »

Au moment où il parut au grand jour sous le haut portail en ogive, enveloppé d'une vaste chape

1. « Du ventre de l'enfer j'ai crié, et tu as entendu ma voix, / Et tu m'as précipité dans l'abîme au cœur de la mer, et le flot m'a entouré. » (*Jonas*, II.) *(N.d.É)*

d'argent barrée d'une croix noire, il était si pâle que plus d'un pensa dans la foule que c'était un des évêques de marbre, agenouillés sur les pierres sépulcrales du chœur, qui s'était levé et qui venait recevoir au seuil de la tombe celle qui allait mourir.

Elle, non moins pâle et non moins statue, elle s'était à peine aperçue qu'on lui avait mis en main un lourd cierge de cire jaune allumé ; elle n'avait pas écouté la voix glapissante du greffier lisant la fatale teneur de l'amende honorable ; quand on lui avait dit de répondre *Amen*, elle avait répondu *Amen*. Il fallut, pour lui rendre quelque vie et quelque force, qu'elle vît le prêtre faire signe à ses gardiens de s'éloigner et s'avancer seul vers elle.

Alors elle sentit son sang bouillonner dans sa tête, et un reste d'indignation se ralluma dans cette âme déjà engourdie et froide.

L'archidiacre s'approcha d'elle lentement. Même en cette extrémité, elle le vit promener sur sa nudité un œil étincelant de luxure, de jalousie et de désir. Puis il lui dit à haute voix : — Jeune fille, avez-vous demandé à Dieu pardon de vos fautes et de vos manquements ? — Il se pencha à son oreille, et ajouta (les spectateurs croyaient qu'il recevait sa dernière confession) — Veux-tu de moi ? je puis encore te sauver !

Elle le regarda fixement : — Va-t'en, démon ! ou je te dénonce.

Il se prit à sourire d'un sourire horrible. — On ne te croira pas. — Tu ne feras qu'ajouter un scandale à un crime. — Réponds vite ! veux-tu de moi ?

— Qu'as-tu fait de mon Phœbus ?

— Il est mort, dit le prêtre.

En ce moment le misérable archidiacre leva la tête machinalement, et vit à l'autre bout de la place, au balcon du logis Gondelaurier, le capitaine debout près de Fleur-de-Lys. Il chancela, passa la main sur ses yeux, regarda encore, murmura une malédiction, et tous ses traits se contractèrent violemment.

— Eh bien ! meurs, toi ! dit-il entre ses dents. Personne ne t'aura.

Alors levant la main sur l'égyptienne, il s'écria d'une voix funèbre : — *I nunc, anima anceps, et sit tibi Deus misericors*[1] !

C'était la redoutable formule dont on avait coutume de clore ces sombres cérémonies. C'était le signal convenu du prêtre au bourreau.

Le peuple s'agenouilla.

— *Kyrie Eleïson*[2], dirent les prêtres restés sous l'ogive du portail.

— *Kyrie Eleïson*, répéta la foule avec ce murmure qui court sur toutes les têtes comme le clapotement d'une mer agitée.

— *Amen*, dit l'archidiacre.

Il tourna le dos à la condamnée, sa tête retomba sur sa poitrine, ses mains se croisèrent, il rejoignit son cortège de prêtres, et un moment après on le vit disparaître, avec la croix, les cierges et les chapes, sous les arceaux brumeux de la cathédrale ; et sa voix sonore s'éteignit par degrés dans le chœur en chantant ce verset de désespoir :

1. « Va maintenant, âme incertaine, et que Dieu te soit miséricordieux ! » *(N.d.É)*
2. « Seigneur, ayez pitié ! » *(N.d.É)*

Omnes gurgites tui et fluctus tui super me transierunt[1] !

En même temps le retentissement intermittent de la hampe ferrée des hallebardes des suisses, mourant peu à peu sous les entre-colonnements de la nef, faisait l'effet d'un marteau d'horloge sonnant la dernière heure de la condamnée.

Cependant les portes de Notre-Dame étaient restées ouvertes, laissant voir l'église vide, désolée, en deuil, sans cierges et sans voix.

La condamnée demeurait immobile à sa place, attendant qu'on disposât d'elle. Il fallut qu'un des sergents à verge en avertît maître Charmolue, qui, pendant toute cette scène, s'était mis à étudier le bas-relief du grand portail qui représente, selon les uns, le sacrifice d'Abraham, selon les autres, l'opération philosophale, figurant le soleil par l'ange, le feu par le fagot, l'artisan par Abraham.

On eut assez de peine à l'arracher à cette contemplation, mais enfin il se retourna, et à un signe qu'il fit deux hommes vêtus de jaune, les valets du bourreau, s'approchèrent de l'égyptienne pour lui rattacher les mains.

La malheureuse, au moment de remonter dans le tombereau fatal et de s'acheminer vers sa dernière station, fut prise peut-être de quelque déchirant regret de la vie. Elle leva ses yeux rouges et secs vers le ciel, vers le soleil, vers les nuages d'argent coupés çà et là de trapèzes et de triangles bleus, puis elle les abaissa autour d'elle, sur la

1. « Tous tes tourbillons et tes flots ont passé sur moi. » (*Jonas*, II.) *(N.d.É)*

terre, sur la foule, sur les maisons... Tout à coup, tandis que l'homme jaune lui liait les coudes, elle poussa un cri terrible, un cri de joie. À ce balcon, là-bas, à l'angle de la place, elle venait de l'apercevoir, lui, son ami, son seigneur, Phœbus, l'autre apparition de sa vie ! Le juge avait menti ! c'était bien lui, elle n'en pouvait douter, il était là, beau, vivant, revêtu de son éclatante livrée, la plume en tête, l'épée au côté !

— Phœbus ! cria-t-elle, mon Phœbus !

Et elle voulut tendre vers lui ses bras tremblants d'amour et de ravissement, mais ils étaient attachés.

Alors elle vit le capitaine froncer le sourcil, une belle jeune fille qui s'appuyait sur lui le regarder avec une lèvre dédaigneuse et des yeux irrités, puis Phœbus prononça quelques mots qui ne vinrent pas jusqu'à elle, et tous deux s'éclipsèrent précipitamment derrière le vitrail du balcon qui se referma.

— Phœbus ! cria-t-elle éperdue, est-ce que tu le crois ?

Une pensée monstrueuse venait de lui apparaître. Elle se souvenait qu'elle avait été condamnée pour meurtre sur la personne de Phœbus de Châteaupers.

Elle avait tout supporté jusque-là. Mais ce dernier coup était trop rude. Elle tomba sans mouvement sur le pavé.

— Allons, dit Charmolue, portez-la dans le tombereau, et finissons !

Personne n'avait encore remarqué, dans la galerie des statues des rois, sculptés immédiatement au-dessus des ogives du portail, un spectateur étrange qui avait tout examiné jusqu'alors avec une telle impassibilité, avec un cou si tendu, avec un visage si difforme, que, sans son accoutrement mi-parti rouge et violet, on eût pu le prendre pour un de ces monstres de pierre par la gueule desquels se dégorgent depuis six cents ans les longues gouttières de la cathédrale. Ce spectateur n'avait rien perdu de ce qui s'était passé depuis midi devant le portail de Notre-Dame. Et dès les premiers instants, sans que personne songeât à l'observer, il avait fortement attaché à l'une des colonnettes de la galerie une grosse corde à nœuds, dont le bout allait traîner en bas sur le perron. Cela fait, il s'était mis à regarder tranquillement, et à siffler de temps en temps quand un merle passait devant lui. Tout à coup, au moment où les valets du maître des œuvres se disposaient à exécuter l'ordre flegmatique de Charmolue, il enjamba la balustrade de la galerie, saisit la corde des pieds, des genoux et des mains, puis on le vit couler sur la façade, comme une goutte de pluie qui glisse le long d'une vitre, courir vers les deux bourreaux avec la vitesse d'un chat tombé d'un toit, les terrasser sous deux poings énormes, enlever l'égyptienne d'une main, comme un enfant sa poupée, et d'un seul élan rebondir jusque dans l'église, en élevant la jeune fille au-dessus de sa tête, et en criant d'une voix formidable : Asile !

Cela se fit avec une telle rapidité que si c'eût été la nuit, on eût pu tout voir à la lumière d'un seul éclair.

— Asile ! asile ! répéta la foule, et dix mille battements de mains firent étinceler de joie et de fierté l'œil unique de Quasimodo.

Cette secousse fit revenir à elle la condamnée. Elle souleva sa paupière, regarda Quasimodo, puis la referma subitement, comme épouvantée de son sauveur.

MICHÈLE GAZIER

*Portrait de femme en rose et rouge**

Je ne me souviens pas très bien de cette soirée. En réalité, nous avons tous beaucoup bu, polonais et puis russe, et encore russe... Olga menait la danse. Elle nous charmait. L'alcool lui faisait les joues roses, elle ressemblait au portrait. Pepe se comportait comme un gamin amoureux. Alain, toujours discret, écoutait les propos des uns et des autres. Moi, je ne voyais qu'Olga, laquelle, j'en étais sûr, ne regardait que moi. Je l'ai interrogée sur les peintures. Elle nous a dit en être l'auteur. Lorsque Alain a voulu savoir comment elle avait quitté la Russie — à cette époque-là nous disions URSS —, elle a éludé la question. Pepe a répondu à sa place. On sentait que leur histoire d'amour était l'unique chose qui comptait à ses yeux. Il l'avait rencontrée à Moscou lors d'un colloque international de droit administratif. Elle était guide. Il l'avait aimée tout de suite. Elle avait fini par le rejoindre en France. Non sans problèmes. Il l'avait épousée. Elle peignait déjà là-bas,

* Extrait de *Sorcières ordinaires* (Folio n° 3198).

mais c'était difficile, il lui fallait gagner sa vie autrement, en accompagnant des touristes, des universitaires...

« Et dire que j'étais sympathisant communiste avant de la rencontrer, poursuivait Pepe. J'ai vraiment déchanté. Il suffit de voir les problèmes qu'a Olga lorsqu'elle va à Moscou voir sa mère malade pour comprendre que ce pays a tué les libertés. » Alain a demandé d'un air surpris : « Mais vous pouvez tout de même aller la voir ? » Elle l'a fixé de son œil émeraude et dur comme la pierre du même nom, elle a laissé tomber : « Parfois. » Pendant tout le temps du monologue de Pepe, Olga ne me quittait pas du regard. Il y avait dans ses pupilles quelque chose d'étrange, de maléfique, ai-je pensé plus tard. Quelque chose qui me disait : « Tu ne le crois pas, n'est-ce pas ? Eh bien tu as raison. Mais n'essaye surtout pas de le contrarier, de me contrarier. »

Nous en étions à la énième vodka, le coup de l'étrier, disait Pepe, lorsque Olga m'a pris la main gauche, elle l'a retournée sur la table comme le font les diseuses de bonne aventure. Et elle s'est mise à me lire beaucoup le passé et un peu l'avenir. Sa connaissance de faits précis et intimes de ma vie écoulée me laissait sans voix... En revanche, rien de fracassant dans ses prévisions. Je serais connu, peut-être célèbre, m'annonçait-elle en roulant délicieusement les « r », mais il me faudrait être patient. En amour aussi il me faudrait attendre. Lorsqu'elle a lâché ma main, j'ai éprouvé un malaise. Cette femme en savait trop.

Nous sommes rentrés chez nous par le dernier métro, fins saouls et passablement fatigués. Une semaine plus tard, je rencontrai « par hasard » Olga à la sortie du Louvre, où j'allais travailler deux jours par semaine. Elle passait par là. En tout cas, elle ne passait pas inaperçue. Elle portait une robe invraisemblable pleine de nœuds, de ruchés, de broderies, et une cape en satin d'un mauve étincelant. Sur son chignon à demi défait, elle avait posé un bibi de velours noir avec juste un bout de voilette qu'elle avait relevée et qui bougeait lorsqu'elle parlait — autrement dit tout le temps —, comme une crête de dentelle. Malgré tout, elle était très belle. Nous sommes allés prendre un verre dans un bistrot sous les arcades de la rue de Rivoli. Elle m'a parlé à son tour de sa mère malade, d'un prochain voyage à Moscou et de mon avenir. Elle y tenait vraiment à mon avenir. Je me demandais en l'observant comment une fille si éblouissante et si folle pouvait vivre avec un bon gros juriste qui aimait les taureaux et qui l'aimait, elle, au point de se rendre aveugle. Comme j'éludais ses visions de réussite et de célébrité inscrites au creux de ma paume, et que je l'interrogeais, intrigué, voire soupçonneux, sur sa vie à Moscou, je l'ai vue se raidir. D'une bouche pincée, elle m'a dit qu'elle essayait en France d'oublier le malheur de son pays.

Si nous n'avons pas eu d'aventure ensemble, c'est sans nul doute de mon fait. Je l'ai revue souvent avec ou sans Pepe. Je l'ai même aidée à exposer quelques œuvres chez un galeriste de mes amis, mais j'ai toujours refusé les tête-à-tête dans un lieu privé. Elle a essayé à trois ou quatre reprises de me coincer. Je mentirais pourtant si je disais que je ne l'ai pas aimée. Mais quelque chose en elle m'effrayait au-delà du dicible. Sans doute avais-je trop lu *Le Maître et Marguerite*, l'éclat si dur de ses yeux verts, des yeux de chat cruel, me glaçait. Cette femme était le diable. Elle me donnait le vertige et le frisson.

L'année qui a suivi notre rencontre a été pour moi assez chaotique sur le plan professionnel. Je dispensais quelques cours dans un institut privé préparant au concours des Arts décoratifs. Je m'ennuyais. J'attendais de pouvoir proposer ma candidature à un vrai poste à l'université, mais mon directeur de thèse y était assez mal vu. Sa recommandation chaleureuse me desservait plutôt. Il restait malgré tout mon maître, et je lui étais fidèle. À ce propos, m'étant ouvert de mes difficultés à Olga, celle-ci m'avait suggéré de prendre un autre « cheval », c'était son expression. Je la savais inconstante, je la découvrais traîtresse. Un jour, j'apprendrais aussi qu'elle était espionne, mais ce jour ne viendrait que quelques mois plus tard, et elle serait déjà loin, derrière le rideau de fer.

En réalité, je n'ai jamais su si son départ soudain — elle a en fait disparu un matin de son domicile en abandonnant toutes ses robes, ses capes et ses tableaux — était ou non volontaire. Je me suis même demandé si on ne l'avait pas enlevée. Elle n'avait emporté qu'un vieux sac de cuir avec quelques affaires de première nécessité, ce fameux baise-en-ville qu'elle charriait partout. Elle n'avait laissé aucun mot à Pepe qui l'a cherchée à Paris, à Moscou et même à Kiev où, semble-t-il, elle avait un cousin ; c'est du moins ce qu'elle avait raconté à son mari. Celui-ci était effondré. Alain et moi avons tenté de l'aider, en vain. Il a fini par partir pour les États-Unis, où une petite université américaine lui proposait un poste dans sa spécialité. Finirait-il un jour par oublier cette fille qui savait tout sur tout le monde ? Moi, je n'y parvenais pas. Olga me hantait. Je la revoyais sans cesse penchée sur ma main et me donnant certains détails de mon passé que je croyais être seul à connaître. Combien de fois avais-je pensé qu'Olga était une voyante extraordinaire, une sorte de fée ? Bouleversé par son départ, furieux contre elle, j'avais fini par admettre que sa fameuse voyance devait cacher bien des mystères. C'est pourquoi je n'ai pas été vraiment étonné lorsque mon ami galeriste qui avait toujours ses œuvres en dépôt — dont le fameux portrait de femme en rose et rouge — m'a dit avoir appris sur elle de source sûre et sous le sceau du secret que la belle Olga était une espionne. Souvent par la suite, je me suis interrogé sur l'intérêt qu'elle m'avait porté durant cette année où nous nous sommes vus si souvent. Que voulait-elle connaître par moi ou à travers moi ? Et d'abord pour qui espionnait-elle ? Le gouvernement soviétique ? Des industriels de chez elle ? J'ai longtemps regretté d'avoir refusé le tableau qu'elle souhaitait m'offrir, un nu où elle s'était représentée de dos devant un miroir. Le visage du miroir était sans traits, juste un aplat épais de couleur crème cerné de noir. Peut-être m'aurait-il permis de la comprendre mieux, du moins de l'approcher en son absence. Sa présence physique si intense, si violente, m'avait toujours troublé au point de me faire perdre le sens le plus élémentaire de la réalité.

Depuis qu'elle est entrée dans la galerie, j'éprouve ce même sentiment d'alors. Je me sens comme enchaîné à elle. Possédé par son rire. Pourtant, elle ne fait aucun effort pour me séduire. Elle ne cherche pas à m'éviter non plus. Elle joue les jeunes filles, se love contre son mari. J'ai beau me répéter que tout cela est faux, qu'elle lui ment comme elle nous a menti, je cherche déjà à lui trouver des excuses. Je l'écoute d'une oreille distraite. Ce que disait Olga avec la bouche a toujours été moins important que ce qu'elle communiquait avec les yeux. Aujourd'hui, elle ne cherche pas à accrocher les miens. C'est sur mon ami peintre qu'elle a jeté son dévolu. Elle lui pose des questions naïves sur sa peinture. Elle éprouve le besoin de lui dire : « Je suis une néophyte, voyez-vous ? J'aimerais tant savoir m'exprimer comme vous avec des pinceaux. Moi, je manie les aiguilles. Je libère les énergies des corps fatigués. Je les aide à prendre leur vraie place dans l'espace. »

J'ai envie de lui dire : c'est faux, toi aussi tu es peintre, mais je sais que cela ne servirait à rien. Elle nierait. Cette femme est diabolique. Il faudrait que je m'en aille, que je quitte au plus vite ce lieu. Ma tête tourne, sans doute le champagne. Je ne compte plus les coupes. Elle continue à la vodka. Elle a toujours une résistance fabuleuse à l'alcool. Elle me regarde la regarder boire d'un air amusé. Sans doute se moque-t-elle de moi, de ce malaise qu'elle suscite. Comment a-t-elle pu se rendre maîtresse de la situation alors que c'est elle qui pouvait se sentir menacée, elle seule ? Son époux nous raconte comment elle a appris très vite le chinois et l'acupuncture. Il est fier de cette épouse somptueuse. Heureux à son âge de promener à travers le monde une femme aussi séduisante que brillante. Est-ce mon ivresse croissante, j'interromps Monsieur Lopez dans sa logorrhée laudative pour m'adresser à elle :

« Vous vous êtes rencontrés dans un congrès à Moscou ? Vous étiez sans doute son interprète ? »

Elle sourit, glaciale. Son mari a l'air étonné.

« À Moscou ? Non, nous n'y sommes allés ensemble qu'après notre mariage, pour la naissance de Vania, notre fils. »

Cet enfant dans le paysage me trouble tout à fait. Elle poursuit :

« Puisque vous semblez aimer les histoires d'amour et de rencontres, je vous dirai que mon époux et moi sommes tombés dans les bras l'un de l'autre dans son pays natal, où je m'étais réfugiée. En Argentine ! Vous n'ignorez sans doute pas les problèmes des Soviétiques dans les années 70. Nous avons vécu un enfer, cher monsieur. L'étudiante en médecine que j'étais a dû fuir en laissant tout derrière elle. »

Impossible de me taire :

« Vous aviez laissé votre mère sans doute ?

— Ma mère, mon père, mes deux sœurs, Olga et Natalia, tout le monde en somme. Olga, comme moi, a quitté le pays, pour la France. Hélas, elle a voulu rentrer trop tôt chez nous. Elle en est morte. »

Quel numéro était-elle en train d'inventer ? Que voulait-elle me faire croire ? Que c'était sa sœur Olga que je connaissais ? Sans doute voulait-elle brouiller les pistes. Elle avait peur que je ne sois trop bavard. Elle m'exaspérait.

« Serait-ce votre sœur Olga que j'ai rencontrée à Paris dans ces mêmes années 70 ? Depuis votre arrivée, j'ai l'impression de vous reconnaître... La Olga que j'ai connue alors était un assez bon peintre. Elle avait épousé un copain de mon frère... »

Elle m'a défié du regard, très maîtresse d'elle :

« Ces petits Français sont tous les mêmes. Ils croient toujours connaître les plus belles filles. Olga, la mienne, qui n'est certainement pas la vôtre, n'a épousé personne, ni peint le moindre tableau. Elle était musicienne. Vous savez, cher ami, chez nous Olga c'est comme Catherine ou Marie. Tout le monde s'appelle Olga.

— Vous aussi ? »

Elle n'a pas répondu.

Après le dîner, trop arrosé, auquel j'ai tenté en vain — et sans grande conviction — de me soustraire, nous sommes allés, Vera, puisque Vera il y avait, Federico, mon ami peintre, le galeriste et moi, dans un bar des Champs-Élysées boire un dernier verre. Je me sentais épuisé et minable. Peut-être avais-je fantasmé le retour d'Olga. Peut-être cette femme n'avait-elle rien de commun avec l'autre qui — j'en prenais conscience ce soir — avait été le seul amour de ma vie. En regardant Vera, je me rendais compte du vide qu'avait été mon existence depuis sa disparition. Vera, elle, se laissait aller dans les bras de son mari. Jamais Olga ne se serait comportée ainsi avec le sien, ni avec un autre. Cette femme assise en tailleur Chanel dans le fauteuil grenat de ce bar chic ne pouvait pas être ma bohémienne. Elle était un mirage. Une image morte réactivée par une inextinguible passion.

Il était deux heures du matin. Federico a donné le signal du départ. Sur le trottoir désert couraient des feuilles sèches de marronniers balayées par le vent. C'était le tout début de l'automne et il commençait à faire frais. Federico et son épouse reprenaient le lendemain un avion pour Buenos Aires. Ils repasseraient à Paris prendre les tableaux qu'ils avaient achetés à mon ami. Ils comptaient les mettre dans leur maison sur la côte basque où ils avaient laissé Vania avec sa nurse. J'ai compris vaguement, et non sans retard, que Federico était un vieux client de mon ami. Il me dirait plus tard qu'il l'avait connu avec son ancienne épouse, une Anglaise morte dans un accident il y a dix ans. C'était la première fois qu'il rencontrait Vera, ce soir.

J'ai serré des mains d'hommes et m'apprêtais à faire de même avec celle de Vera. Les autres bavardaient, réglant les dernières modalités de transport et de paiement des toiles. Vera m'a traversé de son regard vert. Elle a pris la main que je lui tendais, l'a retournée, a suivi du bout de l'ongle les lignes de vie et de cœur. Elle n'a pas dit un mot. Ses yeux brillaient étrangement. Elle connaissait le passé, me cachait l'avenir. Elle a refermé ma paume, a serré mon poing entre ses deux mains. Et lorsque j'ai murmuré : « Adieu Olga », elle a ajouté simplement : « Il est écrit que nous nous reverrons encore... »

MARYSE CONDÉ

Moi, Tituba sorcière... *

Je n'eus pas de peine à trouver l'endroit de la danse, car la musique s'entendait de loin. Si j'avais eu quelque notion du temps, j'aurais su que c'était l'époque du Carnaval, seul moment de l'année où les esclaves avaient liberté de se distraire comme bon leur semblait. Alors ils accouraient de tous les coins de l'île, pour tenter d'oublier qu'ils n'étaient plus des humains. On me regardait et j'entendais des chuchotements :

— D'où sort-elle ?

Visiblement on ne songeait pas à faire le lien entre cette élégante jeune personne et cette Tituba, à moitié mythique dont on se racontait les faits et gestes de plantation à plantation.

John Indien dansait avec une haute chabine en madras calendé. Il l'abandonna aussi sec au milieu de la piste et vint vers moi, des étoiles plein ses yeux qui se souvenaient de l'ancêtre Arawak. Il rit :

— Est-ce que c'est toi ? Est-ce que c'est bien toi ? Puis il m'entraîna :

* Extrait de *Moi, Tituba sorcière...* (Folio n° 1929).

— Viens, viens !

Je résistai :

— Je ne sais pas danser.

Il éclata de rire à nouveau. Mon Dieu, comme cet homme savait rire ! Et à chaque note qui fusait de sa gorge, c'était un verrou qui sautait de mon cœur.

— Une négresse qui ne sait pas danser ? A-t-on jamais vu cela ?

Bientôt, on fit cercle autour de nous. Des ailes m'étaient poussées aux talons, aux chevilles. Mes hanches, ma taille étaient souples ! Un mystérieux serpent était entré en moi. Était-ce le serpent primordial dont Man Yaya m'avait parlé tant de fois, figure du dieu créateur de toutes choses à la surface de la terre ? Était-ce lui qui me faisait vibrer ?

Parfois, la haute chabine en madras calendé tentait d'interposer sa silhouette entre John Indien et moi. Nous ne lui prêtions aucune attention. À un moment, comme John Indien s'essuyait le front avec un large mouchoir en toile de Pondichéry, je me ressouvins des paroles de Man Yaya : « Un peu de son sang. Quelque chose qui aura séjourné au contact de son corps. »

J'eus un moment de griserie. Était-ce bien nécessaire puisqu'il semblait « naturellement » séduit. Puis, j'eus l'intuition que l'essentiel n'est pas tant de séduire un homme que de le garder et que John Indien devait appartenir à l'espèce aisément séduite qui se rit de tout engagement durable. J'obéis donc à Man Yaya.

Comme, habilement, je lui subtilisais son mouchoir en lui griffant l'auriculaire de l'ongle, il eut une exclamation :

— Aïe ! Qu'est-ce que tu fais là, sorcière ?

Il parlait ainsi par jeu. Néanmoins, cela m'assombrit.

Qu'est-ce qu'une sorcière ?

Je m'apercevais que dans sa bouche, le mot était entaché d'opprobre. Comment cela ? Comment ? La faculté de communiquer avec les invisibles, de garder un lien constant avec les disparus, de soigner, de guérir n'est-elle pas une grâce supérieure de nature à inspirer respect, admiration et gratitude ? En conséquence, la sorcière, si on veut nommer ainsi celle qui possède cette grâce, ne devrait-elle pas être choyée et révérée au lieu d'être crainte ?

Rendue morose par toutes ces réflexions, je quittai la salle après une dernière polka. Trop occupé, John Indien ne s'aperçut pas de mon départ.

Dehors, la cordelette noire de la nuit enserrait le cou de l'île à le couper. Pas de vent. Les arbres étaient immobiles, pareils à des pieux. Je me rappelai la plainte de ma mère :

— Pourquoi les femmes ne peuvent-elles se passer des hommes ?

Oui, pourquoi ?

— Je ne suis pas un nègre des bois, un nègre marron ! Jamais je ne viendrai vivre dans cette caloge à lapins que tu as là-haut au milieu des bois. Si tu veux vivre avec moi, tu dois venir chez moi à Bridgetown !

— Chez toi ?

J'eus un rire de dérision, ajoutant :

— Un esclave n'a pas de « chez moi » ! Est-ce que tu n'appartiens pas à Susanna Endicott ?

Il parut mécontent :

— Oui, j'appartiens à maîtresse Susanna Endicott, mais la maîtresse est bonne...

Je l'interrompis :

— Comment une maîtresse peut-elle être bonne ? L'esclave peut-il chérir son maître ?

Il feignit de n'avoir pas entendu cette interruption et poursuivit :

— J'ai ma case à moi derrière sa maison et j'y fais ce que j'y veux.

Il me prit la main :

— Tituba, tu sais ce que l'on dit de toi, que tu es une sorcière...

Encore ce mot !

— ... je veux prouver à tous que ce n'est pas vrai et te prendre pour compagne à la face de tous. Nous irons à l'église ensemble, je t'apprendrai les prières...

J'aurais dû fuir n'est-ce pas ? Au lieu de cela, je restai là, passive et adorante.

— Connais-tu les prières ?

Je secouai la tête :

— Comment le monde a été créé au septième jour ? Comment notre père Adam a été précipité du paradis terrestre par la faute de notre mère Ève...

Quelle étrange histoire me chantait-il là ? Néanmoins, je n'étais pas capable de protester. Je retirai ma main et lui tournai le dos. Il souffla dans mon cou :

— Tituba, tu ne veux pas de moi ?

C'était bien là le malheur. Je voulais cet homme comme je n'avais jamais rien voulu avant lui. Je désirais son amour comme je n'avais jamais désiré aucun amour. Même pas celui de ma mère. Je voulais qu'il me touche. Je voulais qu'il me caresse. Je n'attendais que le moment où il me prendrait et où les vannes de mon corps s'ouvriraient, libérant les eaux du plaisir.

Il poursuivit, chuchotant contre ma peau :

— Tu ne veux pas vivre avec moi depuis le moment où les coqs stupides s'ébouriffent dans les basses-cours jusqu'à celui où le soleil se noie dans la mer et où commencent les heures les plus brûlantes ?

J'eus la force de me lever :

— C'est une chose grave que tu me demandes là. Laisse-moi réfléchir huit jours, je t'apporterai ma réponse ici même.

Avec fureur, il ramassa son chapeau de paille. Qu'avait-il donc, John Indien, pour que je sois malade de lui ? Pas très grand, moyen, avec ses cinq pieds sept pouces, pas très costaud, pas laid, pas beau non plus ! Des dents splendides, des yeux pleins de feu ! Je dois avouer qu'en me posant cette question, j'étais carrément hypocrite. Je savais bien où résidait son principal avantage et je n'osais regarder, en deçà de la cordelette de jute qui retenait son pantalon konoko[1] de toile blanche, la butte monumentale de son sexe.

Je dis :

1. Pantalon court et serré de l'esclave. *(N.d.A.)*

— À dimanche donc.

À peine arrivée chez moi, j'appelai Man Yaya qui ne se hâta pas de m'écouter et apparut, le visage renfrogné :

— Qu'est-ce que tu veux encore ? Est-ce que tu n'es pas comblée ? Voilà qu'il te propose de te mettre avec lui...

Je fis très bas :

— Tu sais bien que je ne veux pas retourner dans le monde des Blancs.

— Il faudra bien que tu en passes par là.

— Pourquoi ?

Je hurlai presque :

— Pourquoi ? Ne peux-tu me l'amener ici ? Est-ce que cela veut dire que tes pouvoirs sont limités ?

Elle ne se fâcha pas et me regarda avec une commisération très tendre :

— Je te l'ai toujours dit. L'univers a ses règles que je ne peux bouleverser entièrement. Sinon, je détruirais ce monde et en rebâtirais un autre où les nôtres seraient libres. Libres d'assujettir à leur tour les Blancs. Hélas ! je ne le peux pas !

Je ne trouvai rien à répliquer et Man Yaya disparut comme elle était venue laissant derrière elle ce parfum d'eucalyptus qui signale le passage d'un invisible.

Demeurée seule, j'allumai le feu entre quatre pierres, calai mon canari[1] et jetai dans l'eau un piment et un morceau de cochon salé pour me

1. Marmite en terre. *(N.d.A.)*

faire un ragoût. Pourtant je n'avais pas le cœur à me nourrir.

Ma mère avait été violée par un Blanc. Elle avait été pendue à cause d'un Blanc. J'avais vu sa langue pointer hors de sa bouche, pénis turgescent et violacé. Mon père adoptif s'était suicidé à cause d'un Blanc. En dépit de tout cela, j'envisageais de recommencer à vivre parmi eux, dans leur sein, sous leur coupe. Tout cela par goût effréné d'un mortel. Est-ce que ce n'était pas folie ? Folie et trahison ?

Je luttai contre moi-même cette nuit-là et encore sept nuits et sept jours. Au bout du compte, je m'avouai vaincue. Je ne souhaite à personne de vivre les tourments par lesquels je suis passée. Remords. Honte de soi. Peur panique.

Le dimanche suivant, j'entassai dans un panier caraïbe quelques robes de ma mère et trois jupons. Je calai avec une gaule la porte de ma case. Je libérai mes bêtes. Les poules et les pintades qui m'avaient nourrie de leurs œufs. La vache qui m'avait donné son lait. Le cochon que j'engraissais depuis un an sans jamais avoir eu le cœur de le tuer.

Je murmurai une interminable prière à l'intention des résidents de ce lieu que j'abandonnais.

Puis je pris le chemin de Carlisle Bay.

GUY DE MAUPASSANT

*Misti**

Souvenirs d'un garçon

. . . .

J'avais alors pour maîtresse une drôle de petite femme. Elle était mariée, bien entendu, car j'ai une sainte horreur des filles. Quel plaisir peut-on éprouver, en effet, à prendre une femme qui a ce double inconvénient de n'appartenir à personne et d'appartenir à tout le monde ? Et puis, vraiment, toute morale mise de côté, je ne comprends pas l'amour comme gagne-pain. Cela me dégoûte un peu. C'est une faiblesse, je le sais, et je l'avoue.

Ce qu'il y a surtout de charmant pour un garçon à avoir comme maîtresse une femme mariée, c'est qu'elle lui donne un intérieur, un intérieur doux, aimable, où tous vous soignent et vous gâtent, depuis le mari jusqu'aux domestiques. On trouve là tous les plaisirs réunis, l'amour, l'amitié, la paternité même, le lit et la table, ce qui constitue enfin le bonheur de la vie, avec cet avantage incalculable de pouvoir changer de fa-

* Extrait de *Contes et nouvelles*, I (Bibliothèque de la Pléiade).

mille de temps en temps, de s'installer tour à tour dans tous les mondes, l'été, à la campagne, chez l'ouvrier qui vous loue une chambre dans sa maison, et l'hiver chez le bourgeois, ou même dans la noblesse, si on a de l'ambition.

J'ai encore un faible, c'est d'aimer les maris de mes maîtresse. J'avoue même que certains époux communs ou grossiers me dégoûtent de leurs femmes, quelque charmantes qu'elles soient. Mais quand le mari a de l'esprit et du charme, je deviens infailliblement amoureux fou. J'ai soin, si je romps avec la femme, de ne pas rompre avec l'époux. Je me suis fait ainsi mes meilleurs amis ; et c'est de cette façon que j'ai constaté, maintes fois, l'incontestable supériorité du mâle sur la femelle, dans la race humaine. Celle-ci vous procure tous les embêtements possibles, vous fait des scènes, des reproches, etc. ; celui-là qui aurait tout autant le droit de se plaindre, vous traite au contraire comme si vous étiez la providence de son foyer.

Donc, j'avais pour maîtresse une drôle de petite femme, une brunette, fantasque, capricieuse, dévote, superstitieuse, crédule comme un moine, mais charmante. Elle avait surtout une manière d'embrasser que je n'ai jamais trouvée chez une autre !... mais ce n'est pas le lieu... Et une peau si douce ! J'éprouvais un plaisir infini, rien qu'à lui tenir les mains... Et un œil... Son regard passait sur vous comme une caresse lente, savoureuse et sans fin. Souvent je posais ma tête sur ses genoux ; et nous demeurions immobiles, elle penchée vers moi avec ce petit sourire fin, énigmatique et si troublant qu'ont les femmes, moi les yeux levés vers elle, recevant ainsi qu'une ivresse versée en mon cœur, doucement et délicieusement, son regard clair et bleu, clair comme s'il eût été plein de pensées d'amour, bleu comme s'il eût été un ciel plein de délices.

Son mari, inspecteur d'un grand service public, s'absentait souvent, nous laissant libres de nos soirées. Tantôt je les passais chez elle, étendu sur le divan, le front sur une de ses jambes, tandis que sur l'autre dormait un énorme chat noir, nommé « Misti », qu'elle adorait. Nos doigts se rencontraient sur le dos nerveux de la bête, et se caressaient dans son poil de soie. Je sentais contre ma joue le flanc chaud qui frémissait d'un éternel « ron-ron », et parfois une patte allongée posait sur ma bouche ou sur ma paupière cinq griffes ouvertes, dont les pointes me piquaient les yeux et qui se refermaient aussitôt.

Tantôt nous sortions pour faire ce qu'elle appelait nos escapades. Elles étaient bien innocentes, d'ailleurs. Cela consistait à aller souper dans une auberge de banlieue, ou bien, après avoir dîné chez elle ou chez moi, à courir les cafés borgnes, comme des étudiants en goguette.

Nous entrions dans les *caboulots* populaires et nous allions nous asseoir, dans le fond du bouge enfumé, sur des chaises boiteuses, devant une vieille table de bois. Un nuage de fumée âcre où restait une odeur de poisson frit du dîner emplissait la salle ; des hommes en blouse gueulaient en buvant des petits verres ; et le garçon étonné posait devant nous deux cerises à l'eau-de-vie.

Elle, tremblante, apeurée et ravie, soulevait jusqu'au bout de son nez, qui la retenait en l'air, sa voilette noire pliée en deux ; et elle se mettait à boire avec la joie qu'on a en accomplissant une adorable scélératesse. Chaque cerise avalée lui donnait la sensation d'une faute commise, chaque gorgée du rude liquide descendait en elle comme une jouissance délicate et défendue.

Puis elle me disait à mi-voix : « Allons-nous-en. » Et nous partions. Elle filait vivement, la tête basse, d'un pas menu, entre les buveurs qui la regardaient passer d'un air mécontent ; et quand nous nous retrouvions dans la rue, elle poussait un grand soupir comme si nous venions d'échapper à quelque terrible danger.

Quelquefois elle me demandait en frissonnant : « Si on m'injuriait dans ces endroits-là, qu'est-ce que tu ferais ? » Je répondais d'un ton crâne : « Mais je te défendrais, parbleu ! » Et elle me serrait le bras avec bonheur, avec le désir confus, peut-être, d'être injuriée et défendue, de voir des hommes se battre, pour elle, même ces hommes-là, avec moi !

Un soir, comme nous étions attablés dans un assommoir de Montmartre, nous vîmes entrer une vieille femme en guenilles, qui tenait à la main un jeu de cartes crasseux. Apercevant une dame, la vieille aussitôt s'approcha de nous en offrant de dire la bonne aventure à ma compagne. Emma, qui avait à l'âme toutes les croyances, frissonna de désir et d'inquiétude, et elle fit place, près d'elle, à la commère.

L'autre, antique, ridée, avec des yeux cerclés de chair vive et une bouche vide, sans une dent, disposa sur la table ses cartons sales. Elle faisait des tas, les ramassait, étalait de nouveau les cartes en murmurant des mots qu'on ne distinguait point. Emma, pâlie, écoutait, attendait, le souffle court, haletant d'angoisse et de curiosité.

La sorcière se mit à parler. Elle lui prédit des choses vagues : du bonheur et des enfants, un jeune homme blond, un voyage, de l'argent, un procès, un monsieur brun, le retour d'une personne, une réussite, une mort. L'annonce de cette mort frappa la jeune femme. La mort de qui ? Quand ? Comment ?

La vieille répondait : « Quant à ça, les cartes ne sont pas assez fortes, il faudrait v'nir chez moi d'main. J'vous dirais ça avec l'marc de café qui n'trompe jamais. »

Emma anxieuse se tourna vers moi : « Dis, tu veux que nous y allions demain. Oh ! je t'en prie, dis *oui*. Sans ça, tu ne te figures pas comme je serai tourmentée. »

Je me mis à rire : « Nous irons si ça te plaît, ma chérie. » Et la vieille donna son adresse.

Elle habitait au sixième étage, dans une affreuse maison, derrière les Buttes-Chaumont. On s'y rendit le lendemain.

Sa chambre, un grenier avec deux chaises et un lit, était pleine de choses étranges, d'herbes pendues, par gerbes, à des clous, de bêtes séchées, de bocaux et de fioles contenant des liquides colorés diversement. Sur la table, un chat noir empaillé regardait avec ses yeux de verre. Il avait l'air du démon de ce logis sinistre.

Emma, défaillant d'émotion s'assit, et aussitôt : « Oh ! chéri, regarde ce minet comme il ressemble à Misti. » Et elle expliqua à la vieille qu'elle possédait un chat tout pareil, mais tout pareil !

La sorcière répondit gravement : « Si vous aimez un homme il ne faut pas le garder. »

Emma frappée de peur demanda : « Pourquoi ça ? » La vieille s'assit près d'elle familièrement et lui prit la main : « C'est le malheur de ma vie », dit-elle. Mon amie voulut savoir. Elle se pressait contre la commère, la questionnait, la priait : une crédulité pareille les faisait sœurs par la pensée et par le cœur. La femme enfin se décida : « Ce chat-là, dit-elle, je l'ai aimé comme on aime un frère. J'étais jeune alors, et toute seule, couturière en chambre. Je n'avais que lui, Mouton. C'est un locataire qui me l'avait donné. Il était intelligent comme un enfant, et doux avec ça, et il m'idolâtrait, ma chère dame, il m'idolâtrait plus qu'un fétiche. Toute la journée sur mes genoux à faire ron-ron, et toute la nuit sur mon oreiller ; je sentais son cœur battre, voyez-vous.

« Or il arriva que je fis une connaissance, un beau garçon qui travaillait dans un magasin de blanc. Ça dura bien trois mois sans que je lui aie rien accordé. Mais vous savez on faiblit, ça arrive à tout le monde ; et puis, je m'étais mise à l'aimer, moi. Il était si gentil, si gentil ; et si bon. Il voulait que nous habitions ensemble tout à fait, par économie. Enfin, je lui permis de venir chez moi, un soir. Je n'étais pas décidée à la chose, oh ! non, mais ça me faisait plaisir à l'idée que nous serions tous les deux une heure ensemble.

« Dans le commencement, il a été très convenable. Il me disait des douceurs qui me remuaient le cœur. Et puis, il m'a embrassée, madame, embrassée comme on embrasse quand on aime. Moi, j'avais fermé les yeux, et je restais là saisie dans une crampe de bonheur. Mais, tout d'un coup, je sens qu'il fait un grand mouvement, et il pousse un cri, un cri que je n'oublierai jamais. J'ouvre les yeux et j'aperçois que Mouton lui avait sauté au visage et qu'il lui arrachait la peau, à coups de griffe, comme si c'eût été une chiffe de linge. Et le sang coulait, madame, une pluie.

« Moi je veux prendre le chat, mais il tenait bon, il déchirait toujours ; et il me mordait, tant il avait perdu le sens. Enfin, je le tiens et je le jette par la fenêtre, qui était ouverte, vu que nous nous trouvions en été.

« Quand j'ai commencé à laver la figure de mon pauvre ami, je m'aperçus qu'il avait les yeux crevés, les deux yeux !

« Il a fallu qu'il entre à l'hospice. Il est mort de peine au bout d'un an. Je voulais le garder chez moi et le nourrir, mais il n'a pas consenti. On eût dit qu'il m'haïssait depuis la chose.

« Quant à Mouton, il s'était cassé les reins dans la tombée. Le concierge avait ramassé le corps. Moi je l'ai fait empailler, attendu que je me sentais tout de même de l'attachement pour lui. S'il avait fait ça, c'est qu'il m'aimait, pas vrai ? »

La vieille se tut, et caressa de la main la bête inanimée dont la carcasse trembla sur un squelette de fil de fer.

Emma, le cœur serré, avait oublié la mort prédite. Ou, du moins, elle n'en parla plus ; et elle partit, ayant donné cinq francs.

Comme son mari revenait le lendemain, je fus quelques jours sans aller chez elle.

Quand j'y revins, je m'étonnai de ne plus apercevoir Misti. Je demandai où il était.

Elle rougit, et répondit : « Je l'ai donné. Je n'étais pas tranquille : « Pas tranquille ? Pas tranquille ? À quel sujet ? »

Elle m'embrassa longuement, et tout bas : « J'ai eu peur pour tes yeux, mon chéri. »

JOHN UPDIKE

*Les sorcières d'Eastwick**

La saison terminée, quand la plage était déserte, on pouvait se promener sans tenir son chien en laisse. Mais il faisait une belle journée, et le petit parking exigu était bourré de vieilles voitures et de minibus VW aux vitres tendues de rideaux et aux carrosseries zébrées de rayures psychédéliques ; au-delà des cabines de bains et du stand à pizza, de nombreux jeunes gens en maillot se prélassaient sur le sable à côté de leurs radios, à croire que ni la jeunesse ni l'été ne devaient jamais finir. Par respect pour les règlements de la plage, Alexandra avait toujours un bout de corde à linge dans le fond de sa voiture. Elle passa la boucle sous le collier clouté de Coal, qui frissonna de dégoût. Débordant d'énergie et d'impatience, il l'entraîna sur le sable qui freinait leur avance. Elle s'arrêta un instant pour se débarrasser de ses espadrilles beiges, et le chien faillit s'étrangler ; elle cacha ses chaussures derrière une touffe d'herbes folles, près de l'extrémité de la promenade de plan-

* Extrait de *Les sorcières d'Eastwick* (Folio n° 2240).

ches. Peu de temps auparavant, la promenade avait été démantibulée et ses tronçons de deux mètres éparpillés par une grande marée, qui en outre avait abandonné sur la grève, à la lisière de l'eau, un petit muret de débris, bouteilles de Javel, étuis de tampons hygiéniques et boîtes de bière si longtemps ballottées que leurs étiquettes peintes étaient tout effacées ; ces boîtes sans étiquettes avaient quelque chose d'effrayant — anonymes comme ces bombes que les terroristes fabriquent et déposent dans les lieux publics sous prétexte d'abattre le système et du même coup mettre fin à la guerre. Coal l'entraînait toujours, et ils longèrent un amoncellement de rochers incrustés de berniques, des blocs carrés qui jadis renforçaient une jetée construite à l'époque où la plage était un jouet à l'usage exclusif des riches et non un lieu public saturé par la foule. Les rochers étaient d'un granit pâle marqué de tavelures noires, et dans l'un des plus gros blocs, se voyait encore un crochet cimenté dans le roc et rongé par la rouille des ans, fragile d'aspect comme un Giacometti. La musique que jouaient les radios des jeunes gens, un rock plus léger, l'enveloppait de toutes parts tandis qu'elle poursuivait sa marche, consciente de sa lourdeur, de l'allure de sorcière que lui donnaient sans doute ses pieds nus, son pantalon de grosse toile avachi et sa veste de brocart vert usée jusqu'à la trame, un truc algérien qu'elle avait acheté avec Ozzie à Paris lors de leur lune de miel, il y avait dix-sept ans. Bien qu'en été elle prît un teint olive de gitane, Alexandra était de sang nordique ; son nom de jeune fille était Sorensen. Sa mère lui avait seriné les vieilles superstitions qui interdisaient de changer de nom quand on se marie, mais à l'époque, Alexandra se gaussait de la magie et brûlait d'envie d'avoir des enfants. Marcy avait été conçue à Paris, sur un sommier métallique.

Alexandra portait une tresse, une seule, une tresse épaisse qui lui cascadait dans le dos ; il lui arrivait parfois de fixer très haut la natte sur sa nuque à l'aide d'une épingle, comme une sorte d'arête. Ses cheveux n'avaient jamais eu le blond éclatant des Vikings, mais une pâleur brouillée que le gris faisait maintenant paraître plus sale. Pour la plupart, ses cheveux gris avaient poussé sur le devant ; sur la nuque, ils restaient aussi fins que ceux des jeunes filles qui se prélassaient au soleil. Les jeunes jambes lisses qu'elle voyait au passage étaient couleur caramel, couvertes de duvet blanc, alignées côte à côte comme par solidarité. Une des filles portait un slip bikini au fond tout luisant, tendu et innocent comme une peau de tambour dans la lumière crue.

Coal tirait sur sa laisse, s'ébrouant, imaginant une odeur, une piste animale en train de se dissoudre dans la senteur de varech qui montait de l'océan. La plage se vidait peu à peu. Deux jeunes gens gisaient enlacés dans un creux qu'ils avaient ménagé dans le sable criblé de trous minuscules ; lèvres plaquées contre la gorge de la fille, le garçon susurrait comme dans un microphone. Un trio supermusclé, trois hommes aux longs cheveux qui leur fouettaient les épaules tandis qu'ils se fendaient en avant et grognaient sous l'effort, disputaient une partie de Frisbee, et il fallut que, tout exprès, Alexandra laisse le gros labrador noir l'entraîner dans le large triangle de leur jeu, pour qu'ils renoncent à leurs gesticulations et à leurs clameurs insolentes. Quand elle fut passée, il lui sembla entendre le mot « sorcière » ou « mégère » dans son dos, mais peut-être s'agissait-il d'un effet acoustique, une illusion due au clapotis des vagues. Elle approchait d'un endroit où un mur de béton, à demi rongé et coiffé d'une spirale de barbelés rouillés, marquait la limite de la plage publique ; pourtant il y avait encore des petits groupes de jeunes, et des nostalgiques de la jeunesse, et elle n'osait lâcher le pauvre Coal, qui pourtant s'étranglait sous le carcan de son collier. Il tirait de toutes ses forces sur la corde, fou d'envie de courir, et elle avait la main en feu. La mer paraissait anormalement calme — en extase, figée, pétrifiée, striée au large de traînées laiteuses, là où solitaire, une petite vedette bourdonnait sur la table d'harmonie de la nappe lisse. De l'autre côté d'Alexandra, plus près, des gesses pourpres et des bruyères jaunes et laineuses dévalaient sournoisement les dunes ; ici la plage se rétrécissait, se faisait intime, à en juger par les nids bourrés de débris, boîtes et bouteilles vides, bois d'épave à demi consumés, fragments de glacières en polystyrène, et préservatifs pareils à de petits cadavres de méduse desséchés. Sur le mur de béton, s'enchaînaient des noms barbouillés à la bombe. Partout, des traces de profanation, seules les empreintes de pas étaient peu à peu effacées par l'océan.

À un certain endroit, les dunes étaient suffisamment basses pour que l'on puisse apercevoir la grande maison Lenox, sous un angle différent et de plus loin ; les deux cheminées faîtières pointaient de chaque côté de la coupole comme les ailes d'un busard bossu. Alexandra débordait d'exaspération et de rancœur. Une douleur sourde lui meurtrissait les entrailles ; elle ne parvenait pas à digérer l'insulte lancée dans son dos, « sorcière », ni, de façon générale, l'immense insulte incarnée par cette jeunesse indifférente qui lui interdisait de laisser son chien, son ami et démon familier, s'ébattre en liberté. Elle décida, pour elle-même et pour Coal, de débarrasser la plage en générant un orage. Le climat intérieur est toujours en rapport avec le climat extérieur ; il suffisait d'inverser le courant, ce qui n'offrait guère de difficulté sitôt l'énergie branchée sur le pôle primaire, soi-même, son moi de femme. Des extraordinaires pouvoirs d'Alexandra, nombre avaient jailli de cette simple réaffectation de son moi librement assumé, enfin réussie au mitan de sa vie. Au mitan de sa vie seulement, elle était parvenue à croire pour de bon qu'elle avait le droit d'exister, que les forces de la nature l'avaient créée, elle, non comme une arrière-pensée et une compagne — une côte tordue, selon la formule de l'infâme *Malleus Maleficarum* mais comme l'étai de la perpétuelle Création, comme la fille d'une fille, et une femme dont les filles à leur tour porteraient des filles. Coal frissonnant et gémissant de frayeur à ses pieds, Alexandra ferma les yeux et invoqua cette immensité qu'elle avait en elle — ce continuum qui, par-delà les générations d'êtres humains et les ancêtres primates, et plus loin encore par-delà les lézards et les poissons, remontait jusqu'aux algues qui avaient concocté les premiers ADN de la planète encore mal dégrossie dans leurs microscopiques entrailles tièdes, un continuum qui, à l'autre pôle, se raccordait au terme de toute vie, d'espèce en espèce, des espèces qui palpitaient, saignaient, s'adaptaient au froid, aux ultraviolets, au soleil qui peu à peu enflait, faiblissait — elle conjura ces profondeurs gravides de son être de s'assombrir, se condenser, engendrer un interface d'éclairs entre de hauts murs d'air. De fait, vers le nord, le ciel émit un grognement, si faible que seul Coal l'entendit. Ses oreilles se raidirent et pivotèrent, leurs racines soudain vivantes sous la peau de son crâne. *Mertalia, Musalia, Dophalia* : articulant en silence les syllabes sonores, elle invoqua les noms interdits. *Onemalia, Zitanseia, Goldaphaira, Dedulsaira*. Invisiblement, Alexandra devint énorme, soulevée par une forme de courroux maternel qui engrangeait en elle tous les andains de cet univers encalminé de septembre, et subitement, comme obéissant à un ordre, ses paupières s'ouvrirent toutes grandes. Une rafale d'air froid déferla du nord, les prémices d'un front dont là-bas le premier coup de fouet décolla de leurs mâts les fanions languides qui coiffaient les cabines de bain. À ce bout de la plage, où la foule des jeunes gens nus était la plus dense, fusa un soupir collectif de surprise, relayé par de petits rires excités à mesure qu'enflait le vent et qu'au loin, du côté de Providence, le ciel arborait la densité d'une roche transparente, empourprée. *Gheminaiea, Gegropheira, Cedani, Gilthar, Godieb.* À la base de cette falaise aérienne, des cumulus, quelques instants plus tôt aussi inoffensifs que des fleurs flottant à la surface d'une mare, s'étaient mis à bouillonner, leurs contours brillants se découpant comme du marbre sur l'air qui d'instant en instant s'assombrissait. La vision elle-même en était altérée, aussi les herbes folles et les salicornes qui grouillaient autour des orteils dodus et nus d'Alexandra, indurés et tordus d'être demeurés des années prisonniers de chaussures modelées par les désirs des hommes et leurs cruelles idées de la beauté, paraissaient-ils tracés en négatif sur le sable, dont la surface criblée et striée, soudain teinte lavande, semblait se soulever comme une vessie pleine sous la pression de la perturbation atmosphérique. Les insolents jeunes gens, le Frisbee arraché à leurs mains comme un cerf-volant, se précipitaient pour ramasser leurs affaires, radios et boîtes de bière, sandales, jeans et maillots de batik. Quant au couple qui s'était ménagé un petit creux dans le sable, la jeune fille restait inconsolable ; elle sanglotait, tandis que, gauchement, le garçon s'évertuait à lui ragrafer le soutien-gorge de son bikini. Coal aboyait dans le vide, d'un côté puis de l'autre, la brusque chute de la pression barométrique affolant ses oreilles.

Et soudain l'océan, immense et impénétrable, tout à l'heure encore paisible jusqu'à Block Island, parut sentir le changement. Au contact de l'ombre des nuages emportés par le vent, sa surface se rida et se gondola — en plaques qui, semblait-il, se ratatinaient, comme des plaques de brûlé. Le moteur de la vedette bourdonna plus aigu. Au large, les voiles avaient fondu et l'air vibrait du rugissement composite des moteurs hors-bord qui ahanaient pour regagner le port. Un silence s'étrangla dans la gorge du vent, et soudain la pluie s'abattit, d'énormes gouttes glacées qui cinglaient comme des grêlons. Des pas martelèrent le sable près d'Alexandra, des amoureux couleur miel qui se ruaient vers leurs voitures garées au bout de la plage, à proximité des cabines de bain. Le tonnerre grondait, au faîte de la falaise d'air noir, contre laquelle en premier plan filaient à toute allure des petits nuages d'un gris plus pâle, en forme d'oies, d'orateurs gesticulants, d'écheveaux de ficelle à demi déroulés. Les grosses gouttes brutales se diluèrent dans un crachin plus dru, qui blanchissait en longues stries là où, de ses doigts de harpiste, le raclait le vent. Alexandra demeurait immobile, comme vitrifiée par l'eau glacée ; au tréfonds d'elle-même, elle égrenait *Ezoill, Musil, Puri, Tamen*. À ses pieds, Coal gémissait ; il lui avait entortillé la corde autour des jambes. Son corps, poil plaqué contre les muscles, luisait et tremblait. Au travers des voiles de la pluie, elle vit que la plage était vide. Elle défit la laisse et lâcha le chien.

Mais quand soudain un éclair jaillit, puis un deuxième, coup sur coup, Coal demeura blotti contre ses chevilles, terrifié. Alexandra compta les secondes dans l'attente du tonnerre : cinq. À quelque chose près, l'orage qu'elle avait invoqué devait avoir quinze kilomètres de champ, à supposer que la foudre ait frappé au cœur. Le tonnerre grondait et jurait confusément. Minuscules, de petits crabes tachetés émergeaient par douzaines de leurs trous et se précipitaient de guingois vers le flot écumant. Leurs carapaces, quasiment couleur sable, en paraissaient transparentes. S'armant de courage, Alexandra en broya un sous la plante de son pied nu. Sacrifice. L'inéluctable sacrifice. Une des lois de la nature. Elle sautilla de crabe en crabe, les écrasant tour à tour. Du casque de ses cheveux jusqu'à son menton, son visage ruisselait et si grande était l'agitation de son aura que toutes les couleurs de l'arc-en-ciel se retrouvaient prises dans cette pellicule liquide. Les éclairs jaillissaient sans arrêt, comme pour la prendre en photo. Une fossette marquait son menton et une autre, plus petite, à peine perceptible, le bout de son nez ; sa beauté tenait à la candeur de son front large sous les bandeaux touchés de gris de ses cheveux ramenés symétriquement en arrière pour former sa tresse, et à l'acuité de ses yeux légèrement saillants, le gris acier des iris repoussé jusqu'aux bords, comme si chacune des pupilles intégralement noires était un contre-aimant. La plénitude grave et les commissures accusées de sa bouche suggéraient un sourire. À quatorze ans, elle faisait déjà son bon mètre soixante-dix et, à vingt ans, pesait cinquante-cinq kilos ; elle en accusait maintenant plus de soixante-dix. Entre autres libérations depuis qu'elle était devenue sorcière, elle avait cessé d'être obnubilée par son poids.

Tout comme les petits crabes paraissaient transparents sur le sable moucheté, Alexandra, trempée jusqu'aux os, se sentait transparente sous la pluie, ne faire qu'une avec elle, la température de l'eau et celle de son sang soudain en harmonie. Au-dessus de la mer, le ciel s'était maintenant agencé en longues écharpes de crêpe ; le tonnerre n'était plus qu'un marmonnement, la pluie une bruine chaude. Un grain que jamais ne citeraient les bulletins météo. Le crabe qu'elle avait broyé en premier s'obstinait à agiter ses pinces, minuscules plumes pâles effleurées par la brise.

Coal, sa terreur enfin dissipée, courait en cercles, de plus en plus larges, ajoutant les quadruples entailles de ses griffes aux motifs triangulaires laissés par les pattes des mouettes, aux griffures plus délicates des bécasseaux, et aux pointillés éperdus des crabes. Ces indices de l'existence d'autres espèces — être un crabe, se mouvoir de guingois comme sur la pointe des pieds, les yeux juchés sur des antennes ! être une bernache, vivre tête en bas dans un petit baquet escamotable en projetant sa nourriture en direction de sa bouche ! — avaient été engloutis dans les cratères creusés par les gouttes. Le sable détrempé avait la couleur du béton. Tous ses vêtements, y compris ses dessous, étaient plaqués sur sa peau, si étroitement qu'elle se faisait l'impression d'une statue de Segal, blanc pur, les tubulures sinueuses et les os de toute sa personne comme léchés par une brume. Alexandra se dirigea à grandes enjambées vers le bout de la plage publique enfin purgée, poussa jusqu'au mur couronné de barbelés, puis rebroussa chemin. Parvenue au parking, elle ramassa ses espadrilles trempées à l'endroit où elle les avait cachées, derrière une touffe d'*Ammophila breviligulata*. Effilées comme des flèches, les longues lames luisaient, arêtes détendues par la pluie.

Elle ouvrit la portière de sa Subaru, puis se retourna pour héler Coal, qui avait disparu dans les dunes. « Viens, mon toutou ! » psalmodia cette femme imposante et bien en chair. « Allez viens, mon bébé ! Viens, mon ange ! » Aux yeux des jeunes gens drapés dans leurs serviettes dégoulinantes, et honteusement hérissés de chair de poule, restés blottis à l'abri du pavillon de bardeaux gris et sous l'auvent du stand à pizza (un auvent à rayures rouge tomate et fromage), Alexandra apparut miraculeusement sèche, pas un cheveu de sa lourde natte en désordre, pas une tache d'humidité sur sa veste de brocart vert. Et ce furent des impressions de ce genre, impossibles à vérifier bien sûr, qui, à Eastwick, propagèrent parmi nous les rumeurs de sorcellerie.

Saisi par les griffes desséchées
de la sorcière

H.P. LOVECRAFT

WILLIAM SHAKESPEARE

*Macbeth**

ACTE IV

SCÈNE I

Une caverne. Au milieu, un chaudron qui bout.

Coup de tonnerre. Entrent les trois sorcières.

LA PREMIÈRE SORCIÈRE

Le chat tigré a miaulé, trois fois.

LA SECONDE SORCIÈRE

Le hérisson a piaulé, trois et une fois.

LA TROISIÈME SORCIÈRE

Le démon-harpie a crié : « C'est l'heure, c'est l'heure ! »

LA PREMIÈRE SORCIÈRE

Alors, dansons autour du chaudron,

* Extrait de *Macbeth*, acte IV, scène 1 (Folio n° 1676).

Jetons-y des tripes pourries.
Et d'abord, dans le pot magique,
Faisons bouillir le crapaud
Qui, dormant sous la pierre froide
Trente et une nuits et journées,
A bien exsudé son venin.

TOUTES

Grouillons double pour double trouble,
Qu'à feu sifflant chaudron bouille !

LA SECONDE SORCIÈRE

Ajoutez à cuire au chaudron
Un filet de serpent des mares,
Un œil de triton, un doigt
Coupé d'un pied de grenouille ;
Et du poil de chauve-souris,
Une langue de chien, la fourche
D'une vipère, le dard
D'un orvet, et la patte et l'aile
D'un lézard et d'une chevêche.
Pour un brouet de l'enfer
Dont le charme ait force d'embrouille,
C'est là ce qu'il faut qui bouille.

TOUTES

Grouillons double pour double trouble,
Qu'à feu sifflant chaudron bouille !

LA TROISIÈME SORCIÈRE

Écaille de dragon, dent de loup,
Poudre de momie de sorcière,
Mâchoire et profonde goule

De vorace requin des mers ;
Ciguë de nuit déterrée,
Foie de Juif qui a blasphémé,
Bile de chèvre, repousses d'if
Brisées par éclipse de lune,
Nez de Turc, lèvres de Tartare,
Doigt de bébé qu'étrangla
Dans la fosse où elle accoucha
Quelque pute, c'est ce qui fait
Épais et gluant le brouet :
À quoi nous ajouterons
Juste un peu d'entrailles de tigre
Pour épicer le bouillon.

TOUTES

Grouillons double pour double trouble,
Qu'à feu sifflant chaudron bouille !

LA SECONDE SORCIÈRE

Le sang d'un babouin pour le refroidir, maintenant,
Et voici un merveilleux philtre, bien consistant.

Entrent Hécate et les trois autres sorcières.

HÉCATE

Oh, très bien ! J'apprécie votre travail,
Et chacune aura sa part du profit.
Mais d'abord chantons, autour du chaudron,
Comme font les fées et les elfes, en rond.
Pour bien ensorceler ce que vous avez concocté.

Musique et une chanson : « Esprit des ténèbres »... Hécate sort.

LA SECONDE SORCIÈRE

Par le picotement de mes pouces,
Voici un démon à nos trousses !
Ouvrez-vous, mes petits verrous,
À quiconque frappe le coup !

Entre Macbeth.

MACBETH

Eh bien, les vieilles de minuit, vous les secrètes, les noires,
Que faites-vous ?

TOUTES

Œuvre qui n'a pas de nom.

MACBETH

Par cet art que vous pratiquez,
Et peu importe de qui vous l'avez appris,
Je vous somme de me répondre ! Oui, faudrait-il
Que vous désenchaîniez les vents, et qu'ils se ruent
Sur les clochers ; faudrait-il que la vague bouillonnante
Disloque et engloutisse les navires,
Et que le jeune blé soit couché au sol, que les arbres
Tombent, que les châteaux s'écroulent sur leurs soldats,
Et que glissent palais et pyramides
Jusqu'au plus bas de leurs fondations ; faudrait-il
Que le trésor des germes de Nature
Soit renversé, s'éparpille

À en rendre malade jusqu'au génie de la ruine,
Vous répondrez à ce que je demande.

LA PREMIÈRE SORCIÈRE

Mais bien sûr !

LA SECONDE SORCIÈRE

Demande donc !

LA TROISIÈME SORCIÈRE

Tu auras ta réponse.

LA PREMIÈRE SORCIÈRE

Dis seulement si tu préfères l'entendre
De notre bouche, ou directement de nos maîtres

MACBETH

Appelle-les, que je puisse les voir.

LA PREMIÈRE SORCIÈRE

Répands ce sang d'une truie qui a dévoré
Ses neuf petits ; jette dans le feu cette graisse
Qu'a exsudée un gibet d'assassin !

TOUTES

Toi, viens d'en haut, toi, viens d'en bas !
Fais ton devoir, montre-toi.

Tonnerre. Première apparition, une tête armée.

MACBETH

Dis-moi, puissance inconnue...

LA PREMIÈRE SORCIÈRE

Il connaît ta pensée.
Écoute ce qu'il dit mais ne parle pas.

LA PREMIÈRE APPARITION

Macbeth ! Macbeth ! Macbeth ! Crains Macduff,
Crains le seigneur de Fife... Assez ! Libérez-moi !

L'apparition descend.

MACBETH

Qui que tu sois, merci pour le bon conseil.
Tu as touché au plus vif de mes craintes.
Mais rien qu'un mot encore...

LA PREMIÈRE SORCIÈRE

Il n'accepte aucun ordre.
Mais en voici un autre, plus puissant.

Tonnerre. Seconde apparition, un enfant ensanglanté.

LA SECONDE APPARITION

Macbeth ! Macbeth ! Macbeth !

MACBETH

Que n'ai-je trois oreilles pour mieux t'entendre !

LA SECONDE APPARITION

Sois sanguinaire, sois téméraire, sois résolu,
Et ris-toi du pouvoir de l'homme, méprise-le.
Aucun être né d'une femme
Ne peut rien contre toi, Macbeth.

L'apparition descend.

MACBETH

Alors existe, Macduff ! Qu'ai-je besoin de te craindre ?
Tout de même, mieux vaut double assurance
Et prendre sur le sort une garantie.
Tu ne vivras donc pas, Macduff : que je puisse dire
À la peur au front blême qu'elle est menteuse,
Et dormir, malgré le tonnerre.

Tonnerre. Troisième apparition, un enfant couronné, qui tient dans ses mains un arbre.

Qu'est-ce que celui-ci
Qui monte comme la progéniture d'un roi
Et dont le front d'enfant porte le cercle
Qui dit le plus haut pouvoir ?

TOUTES

Écoute, ne lui dis rien !

LA TROISIÈME APPARITION

Aie la trempe et l'orgueil d'un lion, et moque-toi
De qui enrage ou s'agite ou conspire.
Pour que Macbeth soit vaincu, il faut
Que le grand bois de Birnam
Avance contre lui jusqu'à la crête de Dunsinane.

L'apparition descend.

MACBETH

Ce qui ne sera pas !

Qui pourrait enrôler des arbres, leur demander
D'extirper du sol leurs racines ? Ah, beaux et bons présages !
Révolte, ne dresse pas la tête
Tant que les bois de Birnam n'en font pas autant,
Et que Macbeth prospère sur ses hauteurs, jusqu'au terme
Qu'a fixé la nature, et rende son souffle
Au temps seul, à la loi commune !... Pourtant, mon cœur
Brûle d'apprendre une chose encore ; dites-moi,
Si votre art y suffit : les enfants de Banquo
Régneront-ils jamais sur ce royaume ?

TOUTES

Ne cherche pas à en savoir plus !

MACBETH

Je veux savoir ! Si vous me dites non,
Que retombe sur vous la malédiction éternelle !
Expliquez-moi...

Hautbois. Le chaudron disparaît.

Mais pourquoi le chaudron
Disparaît-il ? Et cette musique, qu'est-ce que c'est ?

LA PREMIÈRE SORCIÈRE

Montrez-vous !

LA SECONDE SORCIÈRE

Montrez-vous !

LA TROISIÈME SORCIÈRE

Montrez-vous !

TOUTES

Montrez-vous à ses yeux, navrez son cœur,
Venez et repartez comme des ombres.

Vision de huit rois, dont le dernier tient un miroir. Le spectre de Banquo les suit.

MACBETH

Toi, tu ressembles trop au spectre de Banquo
Disparais ! Ta couronne brûle mes yeux.
Et toi, qui suis,
Le front également encerclé d'or,
Tes cheveux, mais ce sont les siens ! Et ce troisième,
Mais il leur est semblable ! Sales sorcières,
Pourquoi me montrez-vous cela ? Un quatrième ?
Sautez, mes yeux, de vos orbites ! Cette file
Va-t-elle s'allonger jusqu'au coup de tonnerre
Du Jugement dernier ? Un autre encore ! Un septième !
Je ne regarderai plus ! Ah, le huitième,
Qui porte ce miroir qui m'en montre d'autres,
Tant d'autres, dont certains
Arborent un globe double et un triple sceptre.
L'horrible vision ! Et la véridique,
Puisque voici Banquo lui-même, cheveux collés par le sang,
Qui me sourit, et me montre sa descendance...
Quoi, est-ce vrai ?

LA PREMIÈRE SORCIÈRE

Oui, sire, tout cela est vrai. Mais pourquoi diable
Macbeth reste-t-il là, comme pétrifié ?
Allons, mes sœurs, égayons ses esprits,
Offrons-lui les meilleurs de nos délices.
Vous, vous lui danserez votre sarabande
Et moi j'enchante l'air pour qu'il retentisse
Et que ce grand monarque puisse nous dire
Que nos respects auront su l'accueillir.

Musique. Les sorcières dansent, puis disparaissent.

MACBETH

Où sont-elles ? Parties ? Que cette heure funeste
Reste à jamais maudite dans les mémoires !

CHARLES NODIER

*L'épisode**

Hanc ego de cœlo ducentem sidera vidi ;
Fluminisæc rapidi carmine vertit iter.
Hæc cantu finditque solum, manesque sepulchris
Elicit, et tepido devorat ossa rogo.
Quum libet, hæc tristi depellit nubila cœlo :
Quum libet, æstivo convocat orbe nives[1].

TIBULLE.

Compte que cette nuit tu auras des tremblements et des convulsions ; les démons, pendant tout ce temps de nuit profonde où il leur est permis d'agir, exerceront sur toi leur cruelle malice. Je t'enverrai des pincements aussi serrés que les cellules de la ruche, et chacun d'eux sera aussi brûlant que l'aiguillon de l'abeille qui la construit.

SHAKESPEARE.

* Extrait de *La Fée aux Miettes. Smarra. Trilby* (Folio n° 1420)

1. V. 43-46 et 49-50 de la IIe Élégie du premier livre : « Cette femme, je l'ai vue de mes yeux attirer les astres du ciel ; elle détourne par ses incantations le cours d'un fleuve rapide. Sa voix fait s'entr'ouvrir le sol, sortir les mânes des tombeaux, descendre les ossements du bûcher tiède [...] Quand elle veut, elle dissipe les nuages qui attristent le ciel ; quand elle veut, elle fait tomber la neige dans un ciel d'été » (trad. Max Ponchont, coll. Budé).

« Qui de vous ne connaît, ô jeunes filles ! les doux caprices des femmes ? dit Polémon réjoui. Vous avez aimé sans doute, et vous savez comment le cœur d'une veuve pensive, qui égare ses souvenirs solitaires sur les rives ombragées du Pénée, se laisse surprendre quelquefois par le teint rembruni d'un soldat dont les yeux étincellent du feu de la guerre, et dont le sein brille de l'éclat d'une généreuse cicatrice. Il marche fier et tendre parmi les belles comme un lion apprivoisé qui cherche à oublier dans les plaisirs d'une heureuse et facile servitude le regret de ses déserts. C'est ainsi que le soldat aime à occuper le cœur des femmes, quand il n'est plus appelé par le clairon des batailles et que les hasards du combat ne sollicitent plus son ambition impatiente. Il sourit du regard aux jeunes filles, et il semble leur dire : “Aimez-moi !...”

« Vous savez aussi, puisque vous êtes Thessaliennes, qu'aucune femme n'a jamais égalé en beauté cette noble Méroé qui, depuis son veuvage, traîne de longues draperies blanches brodées d'argent ; Méroé, la plus belle des belles de Thessalie, vous le savez. Elle est majestueuse comme les déesses, et cependant il y a dans ses yeux je ne sais quelles flammes mortelles qui enhardissent les prétentions de l'amour. — Oh ! combien de fois je me suis plongé dans l'air qu'elle entraîne, dans la poussière que ses pieds font voler, dans l'ombre fortunée qui la suit !... Combien de fois je me suis jeté au-devant de sa marche pour dérober un rayon à ses regards, un souffle à sa bouche, un atome au tourbillon qui flatte, qui caresse ses mouvements ; combien de fois (Thélaïre, me le pardonneras-tu ?), j'épiai la volupté brûlante de sentir un des plis de sa robe frémir contre ma tunique, ou de pouvoir ramasser d'une lèvre avide une des paillettes de ses broderies dans les allées des jardins de Larisse ! Quand elle passait, vois-tu, tous les nuages rougissaient comme à l'approche de la tempête ; mes oreilles sifflaient, mes prunelles s'obscurcissaient dans leur orbite égaré, mon cœur était près de s'anéantir sous le poids d'une intolérable joie. Elle était là ! je saluais les ombres qui avaient flotté sur elle, j'aspirais l'air qui l'avait touchée ; je disais à tous les arbres des rivages : “Avez-vous vu Méroé ?” Si elle s'était couchée sur un banc de fleurs, avec quel amour jaloux je recueillais les fleurs que son corps avait froissées, les blancs pétales imbibés de carmin qui décorent le front penché de l'anémone, les flèches éblouissantes qui jaillissent du disque d'or de la marguerite, le voile d'une chaste gaze qui se roule autour d'un jeune lis avant qu'il ait souri au soleil ; et si j'osais presser d'un embrassement sacrilège tout ce lit de fraîche verdure, elle m'incendiait d'un feu plus subtil que celui dont la mort a tissu les vêtements nocturnes d'un fiévreux. Méroé ne pouvait pas manquer de me remarquer. J'étais partout. Un jour, à l'approche du crépuscule, je trouvai son regard : il souriait ; elle m'avait devancé, son pas se ralentit. J'étais seul derrière elle, et je la vis se détourner. L'air était calme, il ne troublait pas ses cheveux, et sa main soulevée s'en rapprochait comme pour réparer leur désordre. Je la suivis, Lucius, jusqu'au palais, jusqu'au temple de la princesse de Thessalie, et la nuit descendit sur nous, nuit de délices et de terreur !... Puisse-t-elle avoir été la dernière de ma vie et avoir fini plus tôt !

« Je ne sais si tu as jamais supporté avec une résignation mêlée d'impatience et de tendresse le poids du corps d'une maîtresse endormie qui s'abandonne au repos sur ton bras étendu sans s'imaginer que tu souffres ; si tu as essayé de lutter contre le frisson qui saisit peu à peu ton sang, contre l'engourdissement qui enchaîne tes muscles soumis ; de t'opposer à la conquête de la mort qui menace de s'étendre jusqu'à ton âme[1] ! C'est ainsi, Lucius, qu'un frémissement douloureux parcourait rapidement mes nerfs, en les ébranlant de tremblements inattendus, comme le crochet aigu du *plectrum* qui fait dissoner toutes les cordes de la lyre, sous les doigts d'un musicien habile. Ma chair se tourmentait comme une membrane sèche approchée du feu. Ma poitrine soulevée était près de rompre, en éclatant, les liens de fer qui l'enveloppaient, quand Méroé, tout à coup assise à mes côtés, arrêta sur mes yeux un regard profond, étendit sa main sur mon cœur pour s'assurer que le mouvement en était suspendu, l'y reposa long-

1. Dans *La Tempête* de Shakespeare, type inimitable de ce genre de composition, *l'homme monstre* qui est dévoué aux malins esprits se plaint aussi des crampes insupportables qui précèdent ses rêves. Il est singulier que cette induction physiologique, sur une des plus cruelles maladies dont l'espèce humaine soit tourmentée, n'ait été saisie que par des poètes. (*N.d.A.*)

temps, pesante et froide, et s'enfuit loin de moi de toute la vitesse d'une flèche que la corde de l'arbalète repousse en frémissant. Elle courait sur les marbres du palais, en répétant les airs des vieilles bergères de Syracuse qui enchantent la lune dans ses nuages de nacre et d'argent, tournait dans les profondeurs de la salle immense, et criait de temps à autre, avec les éclats d'une gaieté horrible, pour appeler je ne sais quels amis qu'elle ne m'avait pas encore nommés.

« Pendant que je regardais plein de terreur, et que je voyais descendre le long des murailles, se presser sous les portiques, se balancer sous les voûtes, une foule innombrable de vapeurs distinctes les unes des autres, mais qui n'avaient de la vie que des apparences de formes, une voix faible comme le bruit de l'étang le plus calme dans une nuit silencieuse, une couleur indécise empruntée aux objets devant lesquels flottaient leurs figures transparentes..., la flamme azurée et pétillante jaillit tout à coup de tous les trépieds, et Méroé formidable volait de l'un à l'autre en murmurant des paroles confuses :

"Ici de la verveine en fleur... là, trois brins de sauge cueillis à minuit dans le cimetière de ceux qui sont morts par l'épée... ici, le voile de la bien-aimée sous lequel le bien-aimé cacha sa pâleur et sa désolation après avoir égorgé l'époux endormi pour jouir de ses amours... ici encore, les larmes d'une tigresse excédée par la faim, qui ne se console pas d'avoir dévoré un de ses petits !"

« Et ses traits renversés exprimaient tant de souffrance et d'horreur qu'elle me fit presque de la pitié. Inquiète de voir ses conjurations suspendues par quelque obstacle imprévu, elle bondit de rage, s'éloigna, revint armée de deux longues baguettes d'ivoire, liées à leur extrémité par un lacet composé de treize crins, détachés du cou d'une superbe cavale blanche par le voleur même qui avait tué son maître, et sur la tresse flexible elle fit voler le *rhombus* d'ébène, aux globes vides et sonores, qui bruit et hurla dans l'air et revint en roulant avec un grondement sourd, et roula encore en grondant, et puis se ralentit et tomba. Les flammes des trépieds se dressaient comme des langues de couleuvres ; et les ombres étaient contentes. "Venez, venez, criait Méroé, il faut que les démons de la nuit s'apaisent, et que les morts se réjouissent. Apportez-moi de la verveine en fleur, de la sauge cueillie à minuit, et du trèfle à quatre feuilles ; donnez des moissons de jolis bouquets à Saga et aux démons de la nuit." Puis tournant un œil étonné sur l'aspic d'or dont les replis s'arrondissaient autour de son bras nu ; sur le bracelet précieux, ouvrage du plus habile artiste de la Thessalie qui n'y avait épargné ni le choix des métaux, ni la perfection du travail, — l'argent y était incrusté en écailles délicates, et il n'y en avait pas une dont la blancheur ne fût relevée par l'éclat d'un rubis ou par la transparence si douce au regard d'un saphir plus bleu que le ciel ; — elle le détache, elle médite, elle rêve, elle appelle le serpent en murmurant des paroles secrètes ; et le serpent animé se déroule et fuit avec un sifflement de joie comme un esclave délivré. Et le *rhombus* roule encore ; il roule toujours en grondant, il roule comme la foudre éloignée qui se plaint dans des nuages emportés par le vent, et qui s'éteint en gémissant dans un orage fini. Cependant, toutes les voûtes s'ouvrent, tous les espaces du ciel se déploient, tous les astres descendent, tous les nuages s'aplanissent et baignent le seuil comme des parvis de ténèbres. La lune, tachée de sang, ressemble au bouclier de fer sur lequel on vient de rapporter le corps d'un jeune Spartiate égorgé par l'ennemi. Elle roule et appesantit sur moi son disque livide, qu'obscurcit encore la fumée des trépieds éteints. Méroé continue à courir en frappant de ses doigts, d'où jaillissent de longs éclairs, les innombrables colonnes du palais, et chaque colonne qui se divise sous les doigts de Méroé découvre une colonnade immense qui est peuplée de fantômes, et chacun des fantômes frappe comme elle une colonne qui ouvre des colonnades nouvelles ; et il n'y a pas une colonne qui ne soit témoin du sacrifice d'un enfant nouveau-né arraché aux caresses de sa mère. "Pitié ! pitié ! m'écriai-je, pour la mère infortunée qui dispute son enfant à la mort." — Mais cette prière étouffée n'arrivait à mes lèvres qu'avec la force du souffle d'un agonisant qui dit : "Adieu !" Elle expirait en sons inarticulés sur ma bouche balbutiante. Elle mourait comme le cri d'un homme qui se noie, et qui cherche en vain à confier aux eaux muettes le dernier appel du désespoir. L'eau insensible étouffe sa voix ; elle le recouvre, morne et froide ; elle dévore sa plainte ; elle ne la portera jamais jusqu'au rivage.

« Tandis que je me débattais contre la terreur dont j'étais accablé, et que j'essayais d'arracher de mon sein quelque malédiction qui réveillât dans le ciel la vengeance des dieux : “Misérable ! s'écria Méroé, sois puni à jamais de ton insolente curiosité !... Ah ! tu oses violer les enchantements du sommeil... Tu parles, tu cries et tu vois... Eh bien ! tu ne parleras plus que pour te plaindre, tu ne crieras plus que pour implorer en vain la sourde pitié des absents, tu ne verras plus que des scènes d'horreur qui glaceront ton âme...” Et en s'exprimant ainsi, avec une voix plus grêle et plus déchirante que celle d'une hyène égorgée qui menace encore les chasseurs, elle détachait de son doigt la turquoise chatoyante qui étincelait de flammes variées comme les couleurs de l'arc-en-ciel, ou comme la vague qui bondit à la marée montante, et réfléchit en se roulant sur elle-même les feux du soleil levant. Elle presse du doigt un ressort inconnu qui soulève la pierre merveilleuse sur sa charnière invisible, et découvre dans un écrin d'or je ne sais quel monstre sans couleur et sans forme, qui bondit, hurle, s'élance, et tombe accroupi sur le sein de la magicienne. “Te voilà, dit-elle, mon cher Smarra, le bien-aimé, l'unique favori de mes pensées amoureuses, toi que la haine du ciel a choisi dans tous ses trésors pour le désespoir des enfants de l'homme. Va, je te l'ordonne, spectre flatteur, ou décevant ou terrible, va tourmenter la victime que je t'ai livrée ; fais-lui des supplices aussi variés que les épouvantements de l'enfer qui t'a conçu, aussi cruels, aussi implacables que ma colère. Va te rassasier des angoisses de son cœur palpitant, compter les battements convulsifs de son pouls qui se précipite, qui s'arrête… contempler sa douloureuse agonie et la suspendre pour la recommencer… À ce prix, fidèle esclave de l'amour, tu pourras au départ des songes redescendre sur l'oreiller embaumé de ta maîtresse, et presser dans tes bras caressants la reine des terreurs nocturnes…" — Elle dit, et le monstre jaillit de sa main brûlante comme le palet arrondi du discobole, il tourne dans l'air avec la rapidité de ces feux artificiels qu'on lance sur les navires, étend des ailes bizarrement festonnées, monte, descend, grandit, se rapetisse, et, nain difforme et joyeux, dont les mains sont armées d'ongles d'un métal plus fin que l'acier, qui pénètrent la chair sans la déchirer, et boivent le sang à la manière de la pompe insidieuse des sangsues, il s'attache sur mon cœur, se développe, soulève sa tête énorme et rit. En vain mon œil, fixe d'effroi, cherche dans l'espace qu'il peut embrasser un objet qui le rassure : les mille démons de la nuit escortent l'affreux démon de la turquoise. Des femmes rabougries au regard ivre ; des serpents rouges et violets dont la bouche jette du feu ; des lézards qui élèvent au-dessus d'un lac de boue et de sang un visage pareil à celui de l'homme ; des têtes nouvellement détachées du tronc par la hache du soldat, mais qui me regardent avec des yeux vivants, et s'enfuient en sautillant sur des pieds de reptiles…

« Depuis cette nuit funeste, ô Lucius, il n'est plus de nuits paisibles pour moi. La couche parfumée des jeunes filles qui n'est ouverte qu'aux songes voluptueux ; la tente infidèle du voyageur qui se déploie tous les soirs sous de nouveaux ombrages ; le sanctuaire même des temples est un asile impuissant contre les démons de la nuit. À peine mes paupières, fatiguées de lutter contre le sommeil si redouté, se ferment d'accablement, tous les monstres sont là, comme à l'instant où je les ai vus s'échapper avec Smarra de la bague magique de Méroé. Ils courent en cercle autour de moi, m'étourdissent de leurs cris, m'effraient de leurs plaisirs et souillent mes lèvres frémissantes de leurs caresses de harpies. Méroé les conduit et plane au-dessus d'eux, en secouant sa longue chevelure, d'où s'échappent des éclairs d'un bleu livide. Hier encore... elle était bien plus grande que je ne l'ai vue autrefois... c'étaient les mêmes formes et les mêmes traits, mais sous leur apparence séduisante je discernais avec effroi, comme au travers d'une gaze subtile et légère, le teint plombé de la magicienne et ses membres couleur de soufre : ses yeux fixes et creux étaient tout noyés de sang, des larmes de sang sillonnaient ses joues profondes, et sa main, déployée dans l'espace, laissait imprimée sur l'air même la trace d'une main de sang... "Viens, me dit-elle, en m'effleurant d'un signe du doigt qui m'aurait anéanti s'il m'avait touché, viens visiter l'empire que je donne à mon époux, car je veux que tu connaisses tous les domaines de la terreur et du désespoir..." — Et en parlant ainsi elle volait devant moi, les pieds à peine détachés du sol, et s'approchant ou s'éloignant alternativement de la terre, comme la flamme qui danse au-dessus d'une torche prête à s'éteindre. Oh ! que l'aspect du chemin que nous dévorions en courant était affreux à tous les sens ! Que la magicienne elle-même paraissait impatiente d'en trouver la fin ! Imagine-toi le caveau funèbre où elles entassent les débris de toutes les innocentes victimes de leurs sacrifices, et, parmi les plus imparfaits de ces restes mutilés, pas un lambeau qui n'ait conservé une voix, des gémissements et des pleurs ! Imagine-toi des murailles mobiles, mobiles et animées, qui se resserrent de part et d'autre au-devant de tes pas, et qui embrassent peu à peu tous tes membres de l'enceinte d'une prison étroite et glacée... Ton sein oppressé qui se soulève, qui tressaille, qui bondit pour aspirer l'air de la vie à travers la poussière des ruines, la fumée des flambeaux, l'humidité des catacombes, le souffle empoisonné des morts... et tous les démons de la nuit qui crient, qui sifflent, hurlent ou rugissent à ton oreille épouvantée : "Tu ne respireras plus !"

« Et pendant que je marchais, un insecte mille fois plus petit que celui qui attaque d'une dent impuissante le tissu délicat des feuilles de rose ; un atome disgracié qui passe mille ans à imposer un de ses pas sur la sphère universelle des cieux dont la matière est mille fois plus dure que le diamant... Il marchait, il marchait aussi ; et la trace obstinée de ses pieds paresseux avait divisé ce globe impérissable jusqu'à son axe.

« Après avoir parcouru ainsi, tant notre élan était rapide, une distance pour laquelle les langages de l'homme n'ont point de terme de comparaison, je vis jaillir de la bouche d'un soupirail, voisin comme la plus éloignée des étoiles, quelques traits d'une blanche clarté. Pleine d'espérance, Méroé s'élança, je la suivis, entraîné par une puissance invincible ; et d'ailleurs le chemin du retour, effacé comme le néant, infini comme l'éternité, venait de se fermer derrière moi d'une manière impénétrable au courage et à la patience de l'homme. Il y avait déjà entre Larisse et nous tous les débris des mondes innombrables qui ont précédé celui-ci dans les essais de la création, depuis le commencement des temps, et dont le plus grand nombre ne le surpassent pas moins en immensité qu'il n'excède lui-même de son étendue prodigieuse le nid invisible du moucheron. La porte sépulcrale qui nous reçut ou plutôt qui nous aspira au sortir de ce gouffre s'ouvrait sur un champ sans horizon, qui n'avait jamais rien produit. On y distinguait à peine dans un coin reculé du ciel le contour indécis d'un astre immobile et obscur, plus immobile que l'air, plus obscur que les ténèbres qui règnent dans ce séjour de désolation. C'était le cadavre du plus ancien des soleils, couché sur le fond ténébreux du firmament, comme un bateau submergé sur un lac grossi par la fonte des neiges. La lueur pâle qui venait de frapper mes yeux ne provenait point de lui. On aurait dit qu'elle n'avait aucune origine et qu'elle n'était qu'une couleur particulière de la nuit, à moins qu'elle ne résultât de l'incendie de quelque monde éloigné dont la cendre brûlait encore. Alors, le croirais-tu ? elles vinrent toutes, les sorcières de Thessalie, escortées de ces nains de la terre qui travaillent dans les mines, qui ont un visage comme le cuivre et des cheveux bleus comme l'argent dans la fournaise ; de ces salamandres aux longs bras, à la queue aplatie en rame, aux couleurs inconnues, qui descendent vivantes et agiles du milieu des flammes, comme des lézards noirs à travers une poussière de feu ; elles vinrent suivies des Aspioles qui ont le corps si frêle, si élancé, surmonté d'une tête difforme, mais riante, et qui se balancent sur les ossements de leurs jambes vides et grêles, semblables à un chaume stérile agité par le vent ; des Achrones qui n'ont point de membres, point de voix, point de figures, point d'âge, et qui bondissent en pleurant sur la terre gémissante, comme des outres gonflées d'air ; des Psylles qui sucent un venin cruel, et qui, avides de poisons, dansent en rond en poussant des sifflements aigus pour éveiller les serpents, pour les réveiller dans l'asile caché, dans le trou sinueux des serpents. Il y avait là jusqu'aux Morphoses que vous avez tant aimées, qui sont belles comme Psyché, qui jouent comme les Grâces, qui ont des concerts comme les Muses, et dont le regard séducteur, plus pénétrant, plus envenimé que la dent de la vipère, va incendier votre sang et faire bouillir la moelle dans vos os calcinés. Tu les aurais vues, enveloppées dans leurs linceuls de pourpre, promener autour d'elles des nuages plus brillants que l'Orient, plus parfumés que l'encens d'Arabie, plus harmonieux que le premier soupir d'une vierge attendrie par l'amour, et dont la vapeur enivrante fascinait l'âme pour la tuer. Tantôt leurs yeux roulent une flamme humide qui charme et qui dévore ; tantôt elles penchent la tête avec une grâce qui n'appartient qu'à elles, en sollicitant votre confiance crédule, d'un sourire caressant, du sourire d'un masque perfide et animé qui cache la joie du crime et la laideur de la mort. Que te dirai-je ? Entraîné par le tourbillon des esprits qui flottait comme un nuage ; comme la fumée d'un rouge sanglant qui descend d'une ville incendiée ; comme la lave liquide qui répand, croise, entrelace des ruisseaux ardents sur une campagne de cendres… j'arrivai… j'arrivai… Tous les sépulcres étaient ouverts… tous les morts étaient exhumés… toutes les goules[1], pâles, impatientes, affamées, étaient présentes ; elles brisaient les ais des cercueils, déchiraient les vêtements sacrés, les derniers vêtements du cadavre ; se partageaient d'affreux débris avec une plus affreuse volupté, et, d'une main irrésistible, car j'étais, hélas ! faible et captif comme un enfant au berceau, elles me forçaient à m'associer… ô terreur !… à leur exécrable festin !… »

En achevant ces paroles, Polémon se souleva sur son lit, et, tremblant, éperdu, les cheveux hérissés, le regard fixe et terrible, il nous appela d'une voix qui n'avait rien d'humain. — Mais les airs de la harpe de Myrthé volaient déjà dans les airs ; les démons étaient apaisés, le silence était calme comme la pensée de l'innocent qui s'endort la veille de son jugement. Polémon dormait paisible aux doux sons de la harpe de Myrthé.

1. En esclavon, *Ogoljen*, dépouillé, soit parce qu'elles sont nues comme des spectres, soit par antiphrase, parce qu'elles dépouillent les morts. J'écris *goule*, parce que ce mot, consacré dans les traductions des *Contes arabes*, ne nous est pas étranger, et qu'il est évidemment formé de la même racine. (*N.d.A.*)

HOWARD PHILIPS LOVECRAFT

*La maison de la sorcière**

Cette nuit-là, pendant son sommeil, la lumière violette se répandit sur lui, plus intense que jamais, et la vieille sorcière ainsi que le petit monstre velu — s'approchant encore davantage — se moquèrent de lui avec des gestes démoniaques et des glapissements inhumains. Il fut heureux de sombrer dans les abîmes crépusculaires au vague grondement, malgré la présence obsédante du conglomérat de bulles iridescentes et du petit polyèdre kaléidoscopique qui l'irritait et l'inquiétait. Puis vint le changement avec l'apparition au-dessus et au-dessous de lui d'immenses plans convergents d'une substance glissante — changement qui s'acheva dans un délire fulgurant, un torrent de lumière inconnue d'outre-monde, où le jaune, le carmin, l'indigo se mêlaient follement, inextricablement.

Il était à moitié couché sur une haute terrasse aux balustrades fantastiques dominant une jungle illimitée d'incroyables pics barbares, de plans en

* Extrait de *Dans l'abîme du temps* (Folio S-F n° 37).

équilibre, de dômes, de minarets, de disques horizontaux posés sur des faîtes, et d'innombrables formes plus extravagantes encore — les unes de pierre, d'autres de métal — qui resplendissaient magnifiquement sous l'éclat brûlant d'un ciel polychrome. Levant les yeux, il vit trois formidables disques de flamme, chacun d'une teinte différente, et à différentes hauteurs au-dessus d'un horizon courbe infiniment lointain de montagnes basses. Derrière lui les gradins des plus hautes terrasses s'élevaient dans le ciel aussi loin que pouvait aller son regard. La ville en bas s'étendait à perte de vue, et il espéra qu'il n'en monterait aucun son.

Le dallage d'où il se releva sans effort était fait d'une pierre veinée, polie, qu'il fut incapable d'identifier, et les carreaux étaient taillés selon des angles singuliers qui lui parurent moins asymétriques que dictés par une symétrie surnaturelle dont il ne pouvait saisir les lois. La balustrade, à hauteur de poitrine, était raffinée et fabuleusement ouvragée, tandis que le long de la rampe se succédaient à de courts intervalles des figurines grotesques d'un travail exquis. Elles semblaient faites, comme la balustrade elle-même, d'une sorte de métal luisant dont la couleur était indiscernable dans ce chaos éblouissant. Elles représentaient un corps strié en forme de tonneau portant de minces bras horizontaux divergeant comme les rayons d'une roue autour d'un anneau central, et des protubérances ou bulbes verticaux prolongeant le sommet et la base du tonneau. Chacune de ces protubérances était le moyeu d'un système de cinq longs bras plats effilés en triangle, disposés comme ceux d'une étoile de mer — presque horizontalement, mais légèrement incurvés à l'opposé du tonneau central. La base de la protubérance inférieure tenait à la longue rampe par un point si frêle que plusieurs figurines s'en étaient détachées et manquaient. Elles mesuraient environ quatre pouces et demi de haut, et les bras pointus leur donnaient un diamètre maximum de deux pouces et demi.

Lorsque Gilman se leva, les dalles parurent brûlantes à ses pieds nus. Il était absolument seul, et son premier mouvement fut de marcher jusqu'à la balustrade pour contempler la vue vertigineuse de l'interminable cité cyclopéenne presque deux mille pieds plus bas. Prêtant l'oreille, il crut entendre un tumulte rythmé de faibles voix flûtées, musicales, d'un registre tonal très étendu, qui montait des rues étroites au-dessous de lui, et il regretta de ne pouvoir discerner leurs habitants. Devant le paysage, la tête lui tourna au bout d'un moment, au point qu'il serait tombé sur le dallage s'il ne s'était instinctivement cramponné à la superbe balustrade. Sa main droite tomba sur l'une des figurines, dont le contact parut lui rendre un peu son aplomb. Mais ce fut trop pour la finesse exotique de la ferronnerie, et la statuette hérissée de pointes se brisa net sous son étreinte. Encore étourdi, il continua de la serrer tandis que son autre main trouvait une prise sur la rampe lisse.

Alors son ouïe hypersensible perçut une présence derrière lui, et il se retourna pour regarder à l'autre bout de la terrasse nue. Cinq silhouettes approchaient doucement bien que sans précautions apparentes, dont deux étaient la sinistre vieille et le petit animal velu aux terribles dents. Les trois autres lui firent perdre conscience — car ces entités vivantes de huit pieds de haut étaient exactement semblables aux figurines hérissées de la balustrade, et se déplaçaient en agitant comme des araignées la série inférieure de leurs bras d'étoile de mer.

Gilman se réveilla dans son lit, trempé d'une sueur froide, avec une sensation de brûlure au visage, aux mains et aux pieds. Se levant d'un bond, il se lava et s'habilla en toute hâte, comme s'il lui fallait à tout prix quitter la maison le plus vite possible. Il ne savait pas où il voulait aller, mais il sentait que cette fois encore il devrait sacrifier ses cours. L'étrange attrait vers ce point du ciel entre Hydra et Argo avait disparu, mais un autre plus puissant encore prenait sa place. Il lui fallait à présent aller vers le nord — infiniment au nord. Il redoutait de traverser le pont d'où l'on voyait l'île déserte du Miskatonic, aussi prit-il celui de Peabody Avenue. Il trébucha très souvent, car ses yeux et ses oreilles étaient rivés sur un point extrêmement élevé dans le ciel bleu et vide.

Au bout d'une heure environ, ayant retrouvé un peu son sang-froid, il s'aperçut qu'il était loin de la ville. Autour de lui s'étendait le morne désert des marécages salés, et devant lui la route étroite menait à Innsmouth — la vieille cité à moitié abandonnée que les gens d'Arkham répugnaient si étrangement à visiter. Bien que l'attrait du nord n'ait pas diminué, il y résista comme il l'avait fait à l'autre, et découvrit finalement qu'il arrivait presque à les équilibrer. Il revint péniblement en ville, prit un café à un comptoir et se traîna à la bibliothèque publique où il feuilleta sans but les magazines. Il rencontra des amis qui s'étonnèrent de le voir brûlé par le soleil, mais il ne leur dit rien de sa promenade. À trois heures il alla déjeuner dans un restaurant, constatant dans l'intervalle que le magnétisme s'était atténué ou peut-être partagé. Après cela il tua le temps dans un cinéma bon marché, à revoir indéfiniment le stupide spectacle sans y prêter la moindre attention.

Vers neuf heures du soir, il prit machinalement le chemin du retour et entra d'un pas hésitant dans la vieille maison. Joe Mazurewicz gémissait d'inintelligibles prières, et Gilman se hâta de monter à sa mansarde sans s'arrêter pour voir si Elwood était là. Dès qu'il eut allumé l'électricité, ce fut le choc. À la faible lumière de l'ampoule il vit aussitôt sur la table ce qui n'aurait pas dû s'y trouver, et un second regard ne laissa aucune place au doute. Couchée sur le flanc — car elle ne pouvait tenir debout seule — c'était la figurine exotique hérissée de pointes que dans son rêve monstrueux il avait détachée de la fabuleuse balustrade. Aucun détail ne manquait. Le corps strié en forme de tonneau, les minces bras rayonnants, les protubérances à chaque extrémité, et les branches plates d'étoile de mer, légèrement incurvées, qui partaient de ces protubérances — tout y était.

À la lumière électrique, la couleur semblait une sorte de gris irisé veiné de vert, et Gilman dans sa stupéfaction et son horreur s'aperçut que l'une des protubérances s'achevait par une cassure déchiquetée à l'endroit où elle était d'abord fixée à la rampe de son rêve.

Seul l'état d'hébétude auquel il était enclin l'empêcha de hurler. Cette fusion du rêve et de la réalité était intolérable. Encore sous le choc, il saisit l'objet hérissé et descendit en chancelant chez Dombrowski, le propriétaire. Les prières gémissantes du superstitieux monteur de métiers résonnaient toujours dans les couloirs moisis, mais Gilman ne s'en souciait plus. Le propriétaire était là et le reçut aimablement. Non, il n'avait jamais vu cet objet et ne savait rien à son sujet. Mais sa femme lui avait dit qu'elle avait trouvé une drôle de chose en étain dans un des lits en faisant les chambres à midi, et c'était peut-être ça. Dombrowski l'appela et elle arriva en se dandinant. Oui, c'était bien ça. Elle l'avait trouvé dans le lit du jeune gentleman — du côté du mur. Ça lui avait paru très bizarre, mais bien sûr le jeune gentleman avait des tas de choses bizarres dans sa chambre — des livres, des bibelots et puis des dessins et des notes sur des papiers. Elle ne savait rien du tout là-dessus.

Gilman remonta donc l'escalier, l'esprit bouleversé, convaincu qu'il rêvait encore ou que son somnambulisme poussé à un degré incroyable l'avait entraîné à des déprédations dans des lieux inconnus. Où avait-il pris cet objet invraisemblable ? Il ne se rappelait pas l'avoir vu dans aucun musée d'Arkham. Cela s'était produit quelque part pourtant ; et son image lorsqu'il s'en était emparé dans son sommeil avait dû susciter l'étrange rêve de la terrasse et de sa balustrade. Demain il mènerait une enquête prudente — et verrait peut-être un neurologue.

En attendant il essaierait de garder des traces de son somnambulisme. Dans l'escalier et sur le palier du premier il sema un peu de farine qu'il avait empruntée au propriétaire en lui avouant franchement son intention. Il s'était arrêté au passage à la porte d'Elwood, mais il n'avait pas vu de lumière chez lui. Une fois dans sa chambre, il posa sur la table l'objet bardé de pointes, et totalement épuisé physiquement et mentalement, il se coucha sans prendre le temps de se déshabiller. Dans le grenier fermé au-dessus du plafond oblique il crut entendre un faible grattement et un pas feutré, mais il était trop troublé pour y prendre garde. Le mystérieux attrait du nord redevenait très puissant, bien qu'il semblât venir maintenant d'un point situé plus bas dans le ciel.

Dans l'éblouissante lumière violette du rêve la vieille femme et le monstre velu aux dents longues revinrent et plus distinctement que jamais. Cette fois ils l'atteignirent réellement, et il se sentit saisi par les griffes desséchées de la sorcière. Il fut tiré du lit, jeté dans l'espace vide, et pendant un moment il entendit un grondement rythmé et vit grouiller autour de lui les fluctuations crépusculaires des abîmes confus. Mais ce fut très court car il se retrouva bientôt dans un petit espace rudimentaire, aveugle, où des poutres et des planches grossières se rejoignaient au faîte juste au-dessus de sa tête, et un curieux plancher s'abaissait obliquement sous ses pieds. Posés d'aplomb sur des étais, des meubles bas pleins de livres à tous les degrés d'antiquité et de désintégration, et au milieu une table et un banc, apparemment cloués en place. De petits objets de forme et de nature inconnues étaient rangés sur le haut des rayons, et dans l'ardente lumière violette Gilman crut voir un double de la forme hérissée de pointes qui lui avait posé une si cruelle énigme. Sur la gauche, le plancher s'interrompait brusquement au bord d'un gouffre noir, triangulaire, d'où émergea bientôt, après une série de petits bruits secs, le détestable petit monstre velu aux crocs jaunes et au visage d'homme barbu.

La mégère au sourire grimaçant étreignait toujours sa victime, et devant la table était assis un personnage que Gilman n'avait jamais vu — un homme grand, maigre, d'un noir d'encre mais sans aucun caractère négroïde ; totalement chauve et imberbe, il portait pour tout vêtement une robe informe d'une lourde étoffe noire. La table et le banc dissimulaient ses pieds, mais il devait être chaussé, car on entendait un bruit sec chaque fois qu'il changeait de position. L'homme ne parlait pas et ses traits minces et réguliers étaient absolument dépourvus d'expression. Il désignait seulement un livre d'une taille prodigieuse qui était ouvert sur la table, tandis que la mégère fourrait une énorme plume d'oie grise dans la main droite de Gilman. Sur tout cela pesait un climat de peur affolant, qui fut à son paroxysme lorsque le monstre velu grimpa aux vêtements du dormeur jusqu'à ses épaules puis descendit le long de son bras gauche, et enfin le mordit brusquement au poignet juste au-dessous de sa manche. Au moment même où le sang jaillissait de la blessure, Gilman s'évanouit.

APULÉE

*L'Âne d'or**

— Aristomène, répondit-il, ah ! tu ignores les détours subits de la Fortune, ses attaques soudaines, et ses retours imprévus » ; et, tout en parlant, il cacha son visage depuis longtemps rouge de honte dans son haillon tout rapiécé, si bien qu'il découvrit le reste de son corps, entre le nombril et les cuisses. Incapable de supporter le spectacle aussi lamentable de sa misère, je lui donnai la main et m'efforçai de le faire lever.

Mais lui, dans l'état où il était, la tête toujours couverte : « Je t'en prie, je t'en prie, dit-il, laisse la Fortune jouir plus longtemps du trophée qu'elle a elle-même dressé ! »

Je parvins à faire en sorte qu'il me suivît, et, retirant l'une de mes deux tuniques, je l'en habillai rapidement, ou plutôt je devrais dire que je l'en couvris, et je l'emmenai aussitôt au bain ; je lui tendis moi-même l'huile pour s'en frotter, les linges pour s'essuyer, je nettoyai, à force de frotter, l'énorme couche de crasse qui le recouvrait,

* Extrait de *L'Âne d'or ou Les Métamorphoses* (Folio n° 629).

et, après avoir bien pris soin de lui, je l'emmenai, lassé moi-même, à mon hôtel, le soutenant à grand-peine, tant il était épuisé ; je le mis dans le lit pour le réchauffer, je lui donnai à manger à sa faim, je l'égayai en le faisant boire, je le calmai en lui racontant des histoires. Déjà il était d'humeur à bavarder, à plaisanter, à badiner spirituellement, déjà il se prenait à parler avec moins de retenue, lorsque, poussant un soupir déchirant qu'il tira du fond de sa poitrine et se frappant violemment le front de la main, il s'écria : « Malheureux que je suis ! C'est en courant après le plaisir de voir un spectacle de gladiateurs dont tout le monde parlait que je suis tombé dans ces malheurs. Car, comme tu le sais parfaitement, j'étais parti en Macédoine pour mon commerce, et j'en revenais dix mois plus tard, enrichi par mes efforts, lorsque, peu avant de parvenir à Larissa (j'avais l'intention d'assister au spectacle en passant), voici que, dans une vallée écartée et profonde, des brigands affreux m'attaquent de toutes parts. Complètement dépouillé, je parviens pourtant à m'enfuir et, dans un dénuement total, je demande asile à une cabaretière, appelée Méroé, déjà vieille, mais encore fort agréable, et je lui raconte les raisons de mon long voyage, de mon retour pénible et du dénuement extrême où je me trouve. Et elle, commença par me traiter avec la plus grande bonté, elle m'invita à un agréable repas, gratuit, et bientôt, poussée par le désir, à partager son lit. Et voici qu'aussitôt, pour avoir reposé une seule fois auprès d'elle, j'ai commencé à traîner, misérable, une liaison interminable et infâme : les hardes même que les brigands, pitoyables, m'avaient laissées pour me couvrir, je les lui ai données, ainsi que les petits gains que je faisais lorsque j'avais encore assez de vigueur pour obtenir quelque argent en travaillant comme portefaix, et ainsi j'ai fini par parvenir à l'état où tu m'as vu tout à l'heure, par l'effet de cette excellente épouse et de ma mauvaise fortune.

— Par Pollux, lui dis-je, tu mérites les pires châtiments, s'il existe, toutefois, quelque chose de pire que ton état actuel, pour avoir préféré le plaisir physique et la peau d'une putain à ton foyer et à tes enfants. » Mais lui, portant l'index à sa bouche et comme frappé de paralysie : « Chut ! chut ! » fait-il, puis, regardant de toutes parts s'il peut parler en sûreté : « Ne dis rien, fait-il, contre cette femme qui a un pouvoir surnaturel, pour ne pas t'attirer, en parlant trop, quelque mauvaise affaire.

— Tiens, vraiment ? dis-je, cette femme toute-puissante, cette reine de cabaret, quelle femme est-ce donc ?

— Une sorcière, dit-il, une possédée, capable d'abaisser le ciel, de suspendre la terre, de tarir les fontaines, de dissoudre les montagnes, de faire remonter les morts et descendre les dieux, d'éteindre les astres, d'illuminer le Tartare lui-même.

— Je t'en prie, dis-je, enlève ce rideau tragique, replie cette tenture de théâtre, et viens-en aux mots de tout le monde.

— Veux-tu, dit-il, que je te raconte un ou deux de ses tours, ou plutôt, toute une quantité ? Tiens, se faire aimer à la folie, je ne dis pas des gens de l'endroit, mais même des Indiens ou des habitants des deux Éthiopies, voire de ceux des Antipodes, c'est pour elle l'enfance de l'art et pure amusette. Mais voici ce qu'elle a accompli sous les yeux de plusieurs personnes.

L'un de ses amants, qui s'était compromis avec une autre, fut transformé par elle, d'un seul mot, en castor, parce que cet animal, lorsqu'il craint d'être capturé par les chasseurs, se libère en se tranchant les parties sexuelles, et elle désirait qu'il lui en arrivât autant. Un cabaretier de ses voisins, qui lui faisait concurrence, fut transformé en grenouille, et maintenant, le vieux bonhomme, nageant dans un tonneau, salue, accroupi dans la lie, les clients qui venaient autrefois boire son vin, de coassements rauques et polis. Un autre, un avocat, pour avoir parlé contre elle, devint un bélier, et maintenant, ce bélier continue à plaider. La femme de l'un de ses amants, qui l'avait insultée assez vertement, se trouvait enceinte : elle lui ferma le ventre, ralentit l'évolution du fœtus et la condamna à une grossesse perpétuelle, si bien, selon le compte de tout le monde, que voici déjà huit ans que la pauvre femme a le ventre gonflé, comme si elle devait accoucher d'un éléphant.

Comme elle avait fait, à plusieurs reprises, un grand nombre de victimes, l'indignation publique grandit et l'on décida que, le lendemain, on la punirait impitoyablement en la lapidant. Mais elle prévint ce projet par la vertu de ses incantations, et, de même que Médée, ayant obtenu de Créon un jour seulement de délai, consuma toute la maison du roi, sa fille et le vieillard lui-même dans les flammes jaillies d'une couronne, de même cette sorcière, en se livrant sur une fosse à des conjurations de nécromancie — ainsi qu'elle me le raconta dernièrement, un jour qu'elle avait bu — enferma tous les habitants chacun dans sa demeure, par l'intervention mystérieuse des puissances surnaturelles, si bien que, pendant deux jours entiers, ils ne purent ni forcer les serrures, ni arracher les portes, ni même enfin percer les murailles jusqu'à ce qu'enfin ils se fussent tous entendus pour lui promettre à grands cris, avec les serments les plus solennels, qu'ils ne porteraient pas la main sur elle, et que, si l'un d'eux s'avisait du contraire, ils lui porteraient secours et la sauveraient. Ils se la rendirent ainsi favorable et elle délivra toute la ville. Mais l'auteur du mouvement, par une nuit noire, fut enlevé avec sa maison entière, je veux dire les murs, le terrain et toutes les fondations, telle qu'elle était, toute fermée, et transporté à cent milles, dans une autre ville, située au sommet d'un mont escarpé et, pour cette raison, totalement dépourvue d'eau. Et comme les maisons des habitants étaient trop serrées pour laisser de la place au nouvel arrivant, elle jeta la maison devant la porte de la ville et s'en alla.

— Ce sont d'étranges histoires, dis-je, Socrate, et de bien terribles, que tu racontes. Bref, tu m'as communiqué à moi aussi une grande inquiétude, je devrais dire une grande frayeur, tu m'as enfoncé, je ne dis pas une écharde, mais un fer de lance, à la pensée que, grâce encore au concours des puissances surnaturelles, cette vieille ne vienne à avoir connaissance de notre conversation. Aussi allons nous reposer de bonne heure, dissipons en dormant notre fatigue, et, au petit jour, enfuyons-nous d'ici le plus loin possible. »

Je n'avais pas encore terminé ces conseils que l'excellent Socrate, épuisé par un excès de vin inhabituel et une longue fatigue, était déjà endormi et ronflait profondément. Moi, après avoir tiré la porte et assujetti les verrous, et mis, par-dessus le marché, mon petit lit derrière les gonds en l'y appuyant avec soin, je m'étendis tranquillement. D'abord, la peur me tint quelque temps éveillé, puis, vers la troisième veille, mes yeux se fermèrent un peu. Je venais à peine de m'endormir lorsque, soudain, une poussée trop violente pour qu'on pût l'attribuer à des voleurs ouvrit la porte, ou plutôt brisa et arracha les pivots de leur logement et renversa le battant. Mon petit lit, qui était assez court, auquel il manquait un pied, et qui était vermoulu, fut retourné par la force du choc, moi, je roulai et fus jeté à bas du lit, qui se renversa sur moi et me recouvrit entièrement.

Je m'aperçus alors que certaines émotions produisent naturellement des effets contraires. De même que, assez souvent, des larmes sont provoquées par la joie, de même, dans ma terreur extrême, je ne pus m'empêcher de rire d'avoir été ainsi transformé d'Aristomène en tortue. Et, tandis que, étendu au milieu des ordures, je cherche à voir, de côté, ce qui se passe, tout en demeurant protégé par l'heureuse inspiration de mon grabat, j'aperçois deux femmes d'un âge déjà avancé ; l'une portait une lanterne allumée, l'autre une éponge et une épée nue. En cet équipage, elles entourèrent Socrate qui dormait tranquillement. Celle qui portait l'épée dit alors : « Voilà, Panthia, ma sœur, ce cher Endymion, ce mien Ganymède, qui, jour et nuit, s'est joué de mon âge tendre, celui qui, renonçant à mes amours, non seulement me couvre d'injures imméritées, mais encore se prépare à fuir. Et moi, apparemment, pareille à Calypso abandonnée par l'astucieux Ulysse, je pleurerai éternellement sur ma solitude ? » Puis, étendant le bras, et me montrant à sa chère Panthia : « Et cet excellent personnage, ajouta-t-elle, Aristomène le conseiller, qui est responsable de cette fuite, et qui maintenant, aux portes de la mort, gît couché par terre, sous son méchant petit lit et regarde tout ce qui se passe, il s'imagine qu'il ne sera pas puni pour tous les outrages qu'il m'a adressés. Mais je ferai en sorte tout à l'heure, je veux dire sans délai, je veux dire sur-le-champ, qu'il se repente de ses intempérances de langage d'hier et de sa curiosité d'aujourd'hui ! »

En entendant ces menaces, infortuné que je suis ! je me sentis inondé d'une sueur froide, un tremblement secoua mes entrailles de telle sorte que mon grabat lui-même était agité par mes mouvements nerveux et dansait sur mon dos une danse saccadée. Cependant, l'excellente Panthia disait : « Pourquoi, ma sœur, ne commençons-nous pas par le dépecer à la manière des Bacchantes, ou encore, en lui attachant les membres, pourquoi ne pas lui couper le sexe ? »

À ces propositions, Méroé — car je comprenais maintenant que c'était là le nom de cette femme, que je reconnaissais, grâce au récit de Socrate — répondit : « Non, laissons-le survivre, lui du moins, pour recouvrir le cadavre de l'autre malheureux avec un peu de terre », puis, inclinant la tête de Socrate vers le côté droit, elle lui enfonça son épée dans le cou, à gauche, jusqu'à la garde ; le jet de sang fut recueilli par elle dans une petite outre, qu'elle approcha de la blessure, et elle prit bien garde de ne pas en laisser nulle part la moindre trace. Voilà ce que je vis, de mes yeux. Et de plus, sans doute pour ne pas faillir au rite des sacrifices, la douce Méroé introduisit la main droite dans cette blessure jusqu'aux entrailles, et, après avoir fouillé, elle retira le cœur de mon pauvre camarade, tandis que, de la gorge de celui-ci, sectionnée par le fer, sortait un cri, ou plutôt un sifflement vague et que s'exhalait son âme. Panthia bourra cette blessure, dans sa plus grande largeur, à l'aide d'une éponge, disant : « Toi, éponge, qui es née de la mer, garde-toi bien de traverser un fleuve. » Cela fait elles s'en vont ; mais, d'abord, soulèvent mon grabat, s'accroupissent au-dessus de ma figure et, jambes écartées, soulagent leur vessie, m'inondant d'un liquide infect.

Elles venaient à peine de franchir le seuil que les battants de la porte se remettent en place, intacts ; les pivots s'introduisent dans leurs logements, les barres s'enfoncent dans le chambranle, les verrous retournent dans les gâches. Mais moi, dans l'état où j'étais, encore étendu sur le sol, presque évanoui, nu et transi, inondé d'urine, comme si je venais de sortir du ventre de ma mère, ou plutôt, à moitié mort et me survivant à moi-même, comme un fils posthume, je restais là, destiné, sans aucun doute, à périr sur la croix : « Que va-t-il m'advenir, disais-je, lorsque l'on découvrira demain cet homme égorgé ? Qui pourra croire que mon histoire est vraisemblable, alors que je dirai la vérité ? Tu aurais pu, au moins, appeler au secours, si tu ne pouvais, toi, un homme fort comme tu l'es, résister à une femme. Sous tes yeux, un homme est égorgé, et tu ne dis rien ? Et puis, pourquoi n'as-tu pas été tué de la même façon ? Pourquoi cette férocité sauvage n'a-t-elle pas supprimé un témoin, ne serait-ce que comme dénonciateur du crime ? Ainsi, puisque tu as échappé à la mort, retournes-y maintenant ! »

Je me répétais ces choses à plusieurs reprises, et la nuit avançait de plus en plus. Le meilleur parti à prendre me parut de m'échapper furtivement à l'aube et de me mettre en route, même d'un pas mal assuré. Je prends mon petit bagage, introduis la clef, ramène le pêne en arrière ; mais cette porte honnête et fidèle, qui s'était ouverte d'elle-même pendant la nuit, eut le plus grand mal à s'ouvrir, finalement, encore me fallut-il pour cela manœuvrer la clef à plusieurs reprises.

Alors : « Holà, toi, où es-tu ? criai-je, ouvre-moi la porte de l'hôtel, je veux partir avant l'aube. » Le concierge, couché par terre derrière l'entrée de l'hôtel, et qui était encore à moitié endormi, me répondit alors : « Quoi ! Tu ne sais pas que les routes sont infestées de brigands, toi qui veux te mettre en route ainsi de nuit ? Même si tu as trempé dans quelque mauvais coup et que cela te donne envie de mourir, nous, nous ne sommes pas des têtes de courge, assez bêtes pour mourir pour tes beaux yeux.

— Le jour n'est pas loin, dis-je. Et puis, qu'est-ce que des brigands peuvent dérober à un voyageur qui est dans la plus extrême pauvreté ? Ne sais-tu pas, idiot, que dix lutteurs professionnels ne peuvent dépouiller un homme nu ? » À quoi, l'autre, lourd de sommeil, et à moitié endormi, répondit en se tournant de l'autre côté : « Qu'est-ce qui me prouve que tu n'as pas égorgé ton compagnon de voyage, avec lequel tu es descendu ici hier soir, et que tu ne cherches pas à t'enfuir pour te tirer d'affaire ? »

Je me souviens qu'à cette minute je vis distinctement la terre s'entrouvrir et j'aperçus le fond du Tartare, avec le chien Cerbère tout prêt à me dévorer. Et je me disais qu'assurément ce n'était point par pitié que la douce Méroé ne m'avait pas égorgé, mais par cruauté, et pour me réserver au supplice de la croix. Je retournai donc dans ma chambre, me demandant quel genre de mort serait le plus rapide. Mais, comme la Fortune ne m'offrait aucune autre arme mortelle que mon grabat, « Grabat, m'écriai-je, mon cher petit grabat, toi qui as traversé avec moi tant de disgrâces, toi qui sais, pour en avoir été témoin, tout ce qui s'est passé cette nuit, toi que je puis seul invoquer si l'on m'accuse, pour attester mon innocence, procure-moi — j'ai hâte de descendre aux Enfers — procure-moi l'arme du salut. » Et, tout en parlant, je me mets à dégager la corde qui servait à le tendre, puis, la passant sur la poutre placée sous la lucarne et qui faisait saillie en dedans, je la fixe solidement ; avec l'autre extrémité, je forme un nœud robuste, puis, grimpant sur le grabat, je me dresse pour mourir et introduis la tête dans le nœud coulant. Mais, tandis que, d'un pied, je repousse le soutien sur lequel je suis monté, afin que, sous le poids, la corde qui était attachée à mon cou arrête ma respiration, voici que, soudain, le lacet, vieux et pourri, se rompt et que moi, je tombe de là-haut sur Socrate (il était couché à côté de mon lit), et je roule avec lui par terre. Et, au même moment, voilà le portier qui fait irruption en criant à tue-tête : « Où es-tu, toi qui, au plus profond de la nuit, témoignais d'une hâte incroyable de partir, et qui, maintenant, ronfles dans tes couvertures ? »

Sur ce, réveillé, soit par ma chute, soit par les clameurs assourdissantes de l'autre, Socrate se lève le premier et : « Les voyageurs n'ont pas tort, dit-il, de maudire tous ces aubergistes. Voilà un indiscret qui, par son irruption intempestive (il voulait, je pense, nous dérober quelque chose) et ses cris effarants m'a tiré d'un profond sommeil, malgré l'état d'épuisement où je suis. »

Je me lève alors, joyeux, tout ragaillardi par ce bonheur inespéré, et je dis : « Tiens, très vigilant portier, le voilà, mon compagnon, mon frère, dont tu disais, cette nuit, alors que tu étais ivre, que je l'avais assassiné », et, ce disant, je pris Socrate dans mes bras et lui donnai des baisers.

Mais lui, saisi par l'odeur de ce liquide toujours infect dont ces Lamies m'avaient souillé, me repousse violemment : « Ôte-toi de là, dit-il, tu pues le fond de latrine ! » et il me demande aimablement pourquoi je sentais si mauvais. Mais moi, gêné, j'imagine impromptu quelque plaisanterie absurde qui le fait changer d'idée et parler d'autre chose, puis, lui tendant la main : « Allons, partons, dis-je, et profitons du plaisir de marcher le matin ! »

Je prends mon petit bagage, règle à l'hôtelier le prix du logement et nous nous mettons en route.

Tu fus mienne dès la naissance
(JULES MICHELET)

JULES MICHELET
Le pacte 9

CHARLES BAUDELAIRE
L'Irréparable 15

MARCEL AYMÉ
La Vouivre 18

GEORGE SAND
La Petite Fadette 22

Ce sont des démons déguisés en femmes
(ROALD DAHL)

ROALD DAHL
Comment reconnaître une sorcière ? 29

VICTOR HUGO
Trois cœurs d'homme faits différemment 38

MICHÈLE GAZIER
Portrait de femme en rose et rouge 55

MARYSE CONDÉ
Moi, Tituba sorcière... 64

GUY DE MAUPASSANT
Misti 71

JOHN UPDIKE
Les sorcières d'Eastwick 79

Saisi par les griffes desséchées de la sorcière
(H.P. LOVECRAFT)

WILLIAM SHAKESPEARE
Macbeth 93

CHARLES NODIER
L'épisode 103

HOWARD PHILIPS LOVECRAFT
La maison de la sorcière 117

APULÉE
L'Âne d'or 126

DÉCOUVREZ LES FOLIO À 2 €

Parutions d'octobre 2005

M. DE CERVANTÈS *La petite gitane*

Un portrait de femme coloré et romanesque, une nouvelle poétique et baroque par l'auteur de *Don Quichotte*.

G. K. CHESTERTON *Trois enquêtes du Père Brown*

Trois enquêtes pleines d'humour et de fantaisie du détective du Bon Dieu.

COLLECTIF *« Dansons autour du chaudron ». Les sorcières de la littérature*

Venez danser la sarabande infernale des sorcières en compagnie des plus grands écrivains !

F. S. FITZGERALD *Une vie parfaite* suivi de *L'accordeur*

F. S. Fitzgerald dresse le portrait de héros insouciants, capricieux et tourmentés, confrontés aux réalités de l'existence, et, à travers eux, d'une génération perdue.

J. GIONO *Prélude de Pan et autres nouvelles*

Quatre nouvelles au goût amer, quatre textes marqués par le mal qui ronge le cœur des paysans.

K. MANSFIELD *Mariage à la mode* précédé de *La Baie*

Par petites touches lumineuses et justes, Katherine Mansfield esquisse des portraits pleins de finesse et de sensibilité.

P. MICHON *Vie du père Foucault — Vie de Georges Bandy*

Deux vies minuscules, ordinaires, transfigurées par le talent de Pierre Michon qui s'attache à restituer le réel avec justesse et lyrisme.

F. O'CONNOR — *Un heureux événement* suivi de *La Personne Déplacée*

Avec une très grande justesse, Flannery O'Connor met en scène des personnages qui ont peur, peur d'eux-mêmes et des autres, et que la souffrance rend méchants.

C. PELLETIER — *Intimités et autres nouvelles*

Quatre nouvelles très noires dans lesquelles le quotidien d'héroïnes ordinaires bascule soudain dans le cauchemar.

L. DE VINCI — *Prophéties* précédé de *Philosophie* et *Aphorismes*

Avec un grand mépris des superstitions et de la crédulité des hommes, Léonard de Vinci, au gré des pages, livre ses pensées, une sagesse pratique et sa vision très personnelle du monde.

Composition Nord Compo
Impression Novoprint
à Barcelone, le 3 septembre 2005
Dépôt légal : septembre 2005

ISBN 2-07-030895-2./Imprimé en Espagne.

136750